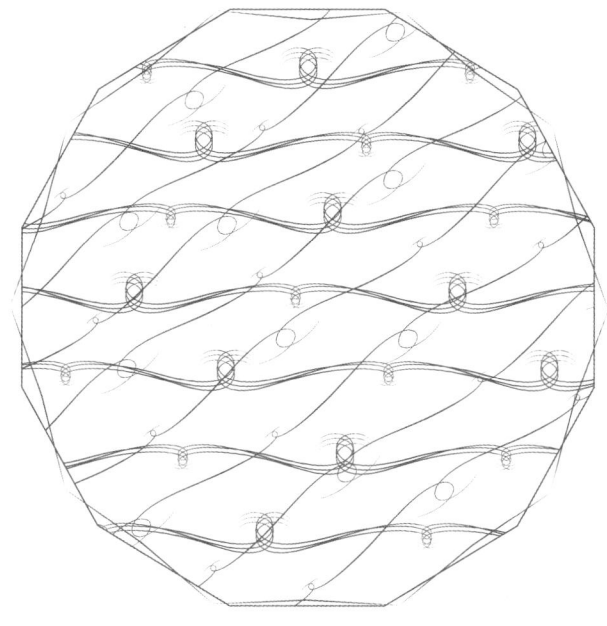

by
Fabian Fom

镂空

与
浮雕1

[马来西亚]
范俊奇／著

[马来西亚]
陈钊霖／绘

图书在版编目（CIP）数据

镂空与浮雕.1/(马来)范俊奇著；(马来)陈钊霖绘. -- 北京：九州出版社，2023.1
ISBN 978-7-5225-1085-9

Ⅰ.①镂… Ⅱ.①范… ②陈… Ⅲ.①散文集—马来西亚—现代 Ⅳ.①I338.65

中国版本图书馆CIP数据核字(2022)第138295号

著作权合同登记号：01-2022-4474
本独家中文简体版由马来西亚有人出版社授权在中国大陆合作出版

镂空与浮雕1

作　　者	［马来西亚］范俊奇　著
绘　　者	［马来西亚］陈钊霖　绘
责任编辑	王文湛
出版发行	九州出版社
地　　址	北京市西城区阜外大街甲35号（100037）
发行电话	（010）68992190/3/5/6
网　　址	www.jiuzhoupress.com
印　　刷	天津图文方嘉印刷有限公司
开　　本	880 毫米 × 1194 毫米　　 32 开
印　　张	8.5
字　　数	163 千字
版　　次	2023 年 1 月第 1 版
印　　次	2023 年 1 月第 1 次印刷
书　　号	ISBN 978-7-5225-1085-9
定　　价	76.00元

★ 版权所有　侵权必究 ★

推荐序

云想衣裳花想容

——从Fabian Fom到范俊奇

文·蒋勋

Fabian Fom

我不太看脸书（Facebook），偶然看，大概不会错过两个人的贴文，一个是Fabian Fom，一个是夏曼·蓝波安。

夏曼·蓝波安是目前华文写作的作家里我极感兴趣的一位。他是兰屿达悟人，他使用不是母语的华文写作。他的脸书记录一个小小岛屿和海洋的生态，常常可以让我反省自己族群的文化，以及对待其他族群的偏见。

蓝波安的华文"很奇特"，要用一个非母语的文字书写他的生活，他会用自己的思维方式组织和串联汉字。

蓝波安的汉字词汇和造句有时让我觉得是错误的，或是不通顺的。但是，正是那些"错误"和"不通顺"传达了我陌生的达悟族的文化、信仰和生活态度。

读蓝波安的文字让我不断修正自己，包括我习以为常的汉字汉语。

蓝波安我读了有二十年吧，也见过面，我去过兰屿，他是我尊敬的朋友。

Fabian Fom是谁？我没见过面，不知道他一丝一毫背景，他短短的脸书里有又像诗句又像梦呓的句子，然后底下都加注一句"我不是张小娴"。

为什么"不是张小娴"？

我对"Fom"这个拼音也猜测过，"冯""封""彭"，我承认对汉字拼音没有办法记忆，汉字拼音，不管用任何输入法，都不等于汉字。

这个Fabian Fom让我折腾了一段时间。

他的华文显然有底子，他会讲杜诗里"阴阳割昏晓"那个"割"字，大为赞赏，显然爱华文，爱汉字，爱现代诗。

所以他和蓝波安不同。蓝波安在用汉字对抗大汉族文化。Fabian Fom应该在大汉族文化之中，却又常常仿佛想要颠覆一下汉字的用法。

追踪了"我不是张小娴"一阵子，Fabian Fom贴出了他在马来西亚华文报纸的专栏文字"镂空与浮雕"，写张国荣，写弗里达·卡罗，写大卫·鲍伊，写顾城，写山本耀司，写李安，写许多我爱看的人物。上穷碧落下黄泉，许多活过死去的生命，被重新"镂空"或"浮雕"，是演员，是诗人，是导演，是画家，是服装设计者，是歌手，是舞蹈者……有些我熟悉，有些我不熟悉。

这个我仍然不确定他姓氏是"冯""封""彭"的马来西亚华文书写者，却让我想起二十余年前一次"槟城—芙蓉—马六甲—新山"八个华文高中的巡回演讲——"青春·叛逆·流浪"。

当时去，是一个很浪漫的想法，因为听说马来西亚华文受压抑，一位沈先生为此坐牢服刑，我就答应了那一趟旅行。

年轻热血沸腾的事,现在或许觉得过度沸腾得有点可笑了,然而的确有很多珍贵记忆,让我念念不忘那次旅行。

我一直记得槟城海边夜市,小摊子用南乳炒空心菜,热腾腾的气味,热腾腾的油烟,收音机播放香港六十年代葛兰唱的《我要飞上青天》。

在芙蓉,高中生骑脚踏车载我去榴梿林里用长支竹竿摘榴梿,夏日光影迷离,热带的风,热带的气味,那些特别青春单纯的高中生的眉眼,欢笑着,或忧伤着,都没缘由。

台北股市已冲上万点,人欲横流,然而芙蓉仍然是白衬衫卡其裤脚踏车,安安静静,仿佛让我再一次经历了我的六十年代,那个Fabian Fom喜爱的"牯岭街少年"的时代!

台北、吉隆坡、香港、新加坡、上海,先先后后,不同地区的华人发展了不同的华文文化。

台北在六十至七十年间达到高峰,传统的底子,现代世界视野,农业自然的朴素,初尝工商业的城市情怀,一切恰到好处,文化的花季其实也有一定的生态吧。

我惦记着马六甲路边一家丧事里亲人们的披麻戴孝,焚烧的纸人纸马楼台那样逼肖现实,在燃烧的烈焰闪烁里一寸一寸萎缩下去,魂魄化成一缕青烟,去了无何有之乡。一个从大华人文化出走的流浪族群,漂洋过海,可能好几代了,犹在异地记得皇天后土,祖先化为青烟,魂魄一缕一缕逝去,犹不敢怠慢分毫。

后来在脸书上因为一个汉字的用法结识了Fabian Fom,知道他跟槟城的关系,他说:"现在不一样了。"说完沉默了。

他的沉默,我的沉默,也许是不同的近乡情怯,都留着一点空间,有一天,或许可以在海边夜市把酒言欢，说记忆里南乳炒爆空心菜的焦香。

我们的乡愁，有时像夏日午后榴梿林子里少年眉眼间恍惚的光影迷离，那么叫人眷恋，其实却都不堪触碰，"是身如聚沫，不可撮摩"，《维摩诘经》如是说。

我有一点懂了这个"不是张小娴"的书写者让我迷恋的原因吧。

他书写人，他迷恋人的繁华与荒凉，他或许爱文学，然而更多时候他眩惑演艺娱乐的银光灯的熠耀辉煌，更多时候他迷恋时尚伸展台上充满魅惑又造作的身体，文学、艺术，是不是也像时尚舞台？弗里达·卡罗创造了她的生命时尚，草间弥生，即使这样被商业包装，也成"时尚"，然而，张国荣，这么文学，连死亡都像一句诗。

皮娜·鲍什，走到哪里都是时尚中的时尚，然而很少人用这样的方式写皮娜，写她在时尚中的位置。

"镂空"是雕凿到灵魂的底层了吗？浮光掠影，我们也许真是在"浮雕"里看到生命的凹凹凸凸，只是不平，像李后主囚居北方，总是睡不着，写了一句"起坐不能平"。起来也不是，坐下也不是，好像比现代诗还现代诗。

"镂空与浮雕"不是只写表象的风风火火，作者关心创造的生命，凡·高、弗里达·卡罗、皮娜·鲍什、梁朝伟、梅艳芳，他让他们一起在伸展台上亮相，我喜欢书里像写诗人般写时尚的保罗·史密斯、亚历山大·麦昆，我也喜欢书里像写时尚一般写弗里达·卡罗、皮娜·鲍什，是的，生命就是伸展台，怎么走，都必须是真正的自己，真正的自己才是时尚。

三十位不同领域的创作

者,分领了二十世纪前后百年风骚,大概很少一本书把这些人放在一起,朴树和草间弥生,阿城和安藤忠雄,服装设计和诗人,又加进一个什么书都不会特别专心去写的许广平,很多文青大概会问:"谁?谁是许广平?""鲁迅的太太。"回答的人自信满满,但是,说了等于没有说,那是看了会使人心痛的一篇,希望出书时留着许广平的照片。

范俊奇

Fabian Fom——他终于告诉我他叫"范俊奇"——果然不是张小娴,我对了,汉字出来,人就有了形貌,好一个范俊奇,不是冯,也不是封。

曾经好几次在吉隆坡评审"花踪文学奖",我不记得有一个"范俊奇",如果有,应该会眼睛一亮吧。

当年在"花踪"共事的朋友,退休了,几乎隐居,只在偏乡帮助弱势者生活,那是七十成长一代的自负与宿命,谁叫我们听了那么多鲍勃·迪伦。

时代不一样了,马来西亚一定也要有二十一世纪自己的书写、自己时代的声音吧。

范俊奇,虽然未见面,却觉得很熟,他写许广平,让我心痛,是有"人"的关心的,年轻,却有够老的灵魂。

和蓝波安一样,范俊奇其实也在汉字的边缘,用边疆的方式书写汉字,像是颠覆,像是叛逆,会不会也可以是汉字最好的新陈代谢?像李白,带着家族从中亚一路走来的异族记忆,胸怀开阔,用汉字都用得不一样,没有拘谨,没有酸气,没有温良恭俭让,才让汉字在那惊人的时代开了惊人的花。

"云想衣裳花想容",这么佻达,这么顾影自恋,这么为美痴迷,"镂空与浮雕",投影在异域的汉字与华文,背离正统文学,敢于偏离正道,也许才真正走上时代绚丽多彩多姿的伸展台吧。

——旅次伦敦,
写于二〇二〇年惊蛰后一日

目录

推荐序 ｜ 云想衣裳花想容——从 Fabian Fom 到 范俊奇　　001

辑一·镂

张国荣 ｜ 星之全蚀　　014
张曼玉 ｜ 开到"曼玉"花事了　　022
梁朝伟 ｜ 最后一班陪伴月光奔跑的地铁　　028
梅艳芳 ｜ 十二少，老地方等你　　036
张　震 ｜ 牯岭街上的一线天　　044
金城武 ｜ 你看不见的金城武　　052
李　安 ｜ 每个男人心里都住着一个李安　　060
王家卫 ｜ 如果有多一张船票　　068
林青霞 ｜ 霞光溢彩，美丽就是一种演技　　076
罗大佑 ｜ 观音山下散步的音乐教父　　084
朴　树 ｜ 那就种棵生如夏花的朴树吧　　092
朴　树 ｜ 有时候半夜的天空也会有彩虹　　096
大卫·鲍伊 ｜ 在星球上游荡的双色妖瞳　　102

辑二·空

亚历山大·麦昆 ｜ 断了尾巴的红蜻蜓　　112
亚历山大·麦昆 ｜ 毁灭是最美丽的完成　　118
山本耀司 ｜ 用剪刀写诗的时尚浪人　　126

山本耀司｜于是不吭一声地服从	132
安迪・沃霍尔｜神经质其实是一种艺术	140
安迪・沃霍尔｜越是孤独的人，内心越是车水马龙	146
保罗・史密斯｜穿着红色袜子骑在单车上的英国爵士	154

辑三·浮

阿　城｜无问西东话阿城	164
顾　城｜可惜顾城不跳舞	172
北　岛｜如果你是条船就请别靠岸	178
许广平｜爱的苦行僧	186
苏珊・桑塔格｜最后一颗没有被崩坏的星星	192
欧内斯特・海明威｜海明威不住在巴黎	198

辑四·雕

文森特・凡・高｜凡・高你为什么不跳舞	208
埃德加・德加｜可惜德加没有情人	216
奥古斯特・罗丹｜所有雕塑都是情绪分子的裂变	224
弗里达・卡罗｜最浓艳的最暴烈	230
弗里达・卡罗｜裹在纱布里的骷髅偶像	236
草间弥生｜红发怪婆婆和她的魔幻南瓜	244

安藤忠雄｜禅与修行的目击者 250

皮娜·鲍什｜孤独像一把闪闪发亮的匕首 258

后　语｜大河弯弯黎明之前的第一响桨声 267

辑一

镂

张国荣

Leslie Cheung

星之全蚀

后来刘嘉玲才透露，葬礼回来之后，梁朝伟一句话都不说，成天抿着嘴在屋子里安静地踱步，甚至把酒吧上的红酒杯子都取下来，一个接一个，慢慢地擦了又擦，但你其实可以听得见梁朝伟心里面的风，在呼呼地、呼呼地吹——一直到第三、第四天，当大家都慢慢接受下来张国荣已经不在了的事实，他这才彻彻底底崩溃下来，哭得整张脸都肿了。

那一天是四月八号吧，我隐约记得，张国荣的出殡日。明星们从歌连臣角的火葬场出来，鱼贯登上安排好的长巴离开，而梁朝伟打上领带，穿着一整套肃穆的黑色西装，轻轻搂着神情哀戚的刘嘉玲，然后镜头扫过，我看见梁朝伟的右脸在镜头面前，在香港被"非典"笼罩的灰色气压之下，结结实实地抽搐了那么一下——

春光骤熄，最终他爱的何宝荣并没有兑现诺言，和他"从头来过"。现在回想起来，梁朝伟的失落，其实并没有比唐唐疏浅，他说过，在某一个面向，张国荣其实很像刘嘉玲，天生有着那种一个眼神横过来，就可以将他的肩膀按压下来的本事，而且，他心底下一片清明，很难在戏里遇见像张国荣那样，一反手就把他深埋在十万深渊底下的自己挖掘出来的对手。最重要的是，每一次和张国荣搭戏，他都实实在在感觉到张国荣不断在戏里释放出成就他和圆满他的善意，这不容易，尤其当两个都已经是呼风唤雨、独当一面的角儿的时候——

因此我一直都很相信，如果社会再开放一点点，如果运命再体贴一些些，梁朝伟应该不会排除让自己去想象和张国荣之间的爱情会有开花结果的可能。因为纯粹站在善待爱情的角度望过去，张国荣从来都是一个势均力敌的对手，他懂得爱，也愿意爱，并不是每一个在原则上懂得爱的人都愿意在实际里焚烧自己、灭绝自己去完整一段爱。而唯一横在梁朝伟和张国荣之间的，我猜，不是抗拒，而是禁忌。至于那些风风火火的、为爱情绷得脸青鼻肿的场面，黎耀辉和何宝荣其实都在布宜诺斯艾利斯一一体验过了，梁朝伟在刘嘉玲身上找到的，只不过是一面终于可以让他驯服下来，不需要再为爱情出生入死的箭靶而已。

而我并不否认这一篇稿子的投机成分。人间四月天。四月不应该只有林徽因，四月必须还有张国荣。对于八九十年代的香港娱乐圈，我恐怕和你一样，始终牵绊着太多绞不断的情意结，张国荣很明显是最飞扬跋扈，也最动魄惊心的其中一节。那个时候的张国荣，他一站到舞台上，整个舞台就活了，并且他在舞台上投射的，不单单只是一个张国荣，一个一贯自恋复自信的天皇巨星，而是一整个香港，一整个八九十年代——马照跑舞照跳，人人甘心情愿照为生活拼搏奋斗的香港。我们都记得，那时候是香港最意气风发、最自负，也最刚强的时代。

这也是为什么，张国荣老让我想起米兰·昆德拉说的

"不朽",虽然"不朽"其实是个挺老土的字眼,至少"传奇"听起来就时尚多了;但"传奇"是个名词,"不朽"才是一种精神、一种依恋、一种寄托。张国荣的不朽,是完全听不懂中文的人也会疯魔于他演出的程蝶衣;是怎么鄙视广东流行音乐的人会一听到他唱"我劝你早点归去"也会呆怔原地,一脸不置信但又一脸不可自拔地不愿意清醒;而且这么多年过去了,岁月浇熄了青春,我们却始终没有遇见第二个总算可以让我们不再那么牵挂张国荣的巨星。

实际上认识张国荣的人很难不喜欢他。连出了名挑剔的亦舒也疼他,唤他莱斯利,某次亦舒见到张国荣,十分诧异张国荣竟长得这么漂亮,既清秀伶俐,又斯文有礼,不光是长了一张好看的脸而已。还有李碧华,誓死捍卫张国荣,如果《胭脂扣》的十二少和《霸王别姬》的程蝶衣不是张国荣,她宁可和片商决裂,把剧本抢回来不卖出去。记忆之中,张国荣和美人们如张曼玉、钟楚红、林青霞、刘嘉玲都走得很近,尤其是张曼玉,他喜欢亲昵地叫玛姬"衰婆",然后每次听见玛姬吃了爱情的暗亏,他总是第一个冲上前去,一面心疼一面忍不住斥责,像怜惜亲生妹妹那样地怜惜着张曼玉,他是女明星们最爱的贾宝玉,也是女明星最亲的闺蜜。

可张国荣发病的时候,他完全失去了主张,不知道什么时候应当把门打开让别人进来,一味钻进绝望的角落

里不让别人看见他的破败与懦弱。林青霞见过他不停颤抖的手;林嘉欣接过他半夜除了叹息就像电报一样持续保留空白的电话;还有他的外甥女,也接到他这位十舅父突如其来的要求,要求陪他去拜祭他忽然十分想念的母亲——这一切的一切,都是张国荣发出的最含蓄也最微弱的求救讯号,也是一个忧郁的灵魂在寻找可能的出口,只

是大家偏偏都忽略了，都以为张国荣天生是在命盘上稳占上风、百年无忧的名门贵公子，他会好起来的，一切会过去的。

发病之后的张国荣鲜少露面，最后一次被狗仔队拍到，即便行色匆匆，也还是难掩一脸的恍惚。当时似乎是出门到医院复诊，又似乎是在唐唐的陪同下赴朋友的约吧？但见被病症蹂躏之后的张国荣，风景依然是风景，即便颓垣败瓦，也还是有一种慑人的苍凉之姿。张国荣消瘦了，但眉眼依然俊秀，如一幅入秋的画，素淡而雅致，乍看之下还以为那是他为新戏而试的造型。这么些年，新人来的来走的走，旧人老的老收的收，一直都没有遇见过俊美得像张国荣那样的，让初见他的人眼里尽是满满的惊叹号。

我记得张曼玉说过，她第一次在片场见到张国荣，张开来的嘴巴久久都合不上去，夜里收工回家，不断地拉着母亲说"我今日见到一个好靓好靓好靓嘅人"，可见张国荣的俊美是连女孩子都要震撼和嫉妒的。没有人会忘记《阿飞正传》里头走路有风、意气勃发的旭仔，他明明可以把整个世界的繁华都揽进怀里，但他偏偏提起脆弱如琉璃的人生狠狠地在自己面前用力砸碎：宁为玉碎，不为瓦全——这才是钻进骨髓里真正的阿飞。

我记得张国荣坠楼离世的新闻被证实的时候，我人在家乡吉打，坐在客厅陪当时身体越来越羸弱的母亲一起看八点钟的电视新闻，母亲意会了我的震惊，忽然幽幽地转过头来问我："他母亲还在吗？"我知道母亲的意思，如果张国荣的母亲还在，他难道不担心这会多么地伤透一个母亲的心？同年七月，母亲离开，我整个人被掏空掏尽，常常下了班回到吉隆坡的公寓，坐在露台上对着空空洞洞的天空发呆，眼眶里的泪，很多时候就像水位过高的蓄水池，稍微悸动，就会漫溢，并且我不断产生幻听，听见有人用哼唱的语调召唤我往对面那栋十六层楼高的公寓天台走走，说那里风很大景很宽，为什么不上去看看——忧郁症不是一件名牌外套，罩上了它就可以让自己病也病得时髦；也更加不是天命由心，你避得开它天罗地网的魔障，你就解得了你厌世的困惑。

所以事隔多年再写张国荣，终究还是觉得特别心虚、特别踟蹰惶恐，主要因为他在演艺事业和爱情版图上过分张扬的美丽，分散了我们对他内心阴暗和亏蚀的注意力。并且我们愿意去懂得的张国荣的低落，其实太少太少；反而我们刻意去记取的张国荣的风光，却又太多太多。他的色如春晓，他的风光明媚，他的哀乐休戚，他的繁华落尽，到头来我们所能理解的，不过是天上一颗星星的灿亮与陨落。

常常，我们谁不都是老犯同一个毛病，以一种自以为是并且蛮横的方式去爱眼前的人，却不知道眼前的人所渴望的，有时候不过是一个善意的牵引、一场低调的摆渡和一份体贴的成全。就好像我们根本不知道，张国荣在决定放弃对红尘声色的眷恋从酒店坠下之前,是如何地将自己关押在情绪的寒流里抖索,在风光背后,摸索着比黑暗更黑暗的黑暗,却永远等不到诡异的天色,也许很快就会破晓。

Maggie Cheung

开到"曼玉"花事了

我见过张曼玉三次,三次都是她巧慧娟妍,如香槟玫瑰般盛放得最目中无人的时候——

第一次是她来吉隆坡拍摄成龙的《警察故事》。那时候我刚踏入杂志界,写时尚之前,其实也追过明星跑过娱乐,当时张曼玉在酒店的健身房里,见到有记者,机灵地即刻转过身就想走,是成龙扬声把她叫住,她才勉为其难地坐了下来,乖乖就范。

而不超过二十分钟的访问,我对张曼玉的印象只有两个:她其实笑得不多,倒是脸蛋真的很小,巴掌似的,因为完全不带妆,半点艳光都没有,可是因为实在年轻,和亦舒写的一模一样,"一头好头发,体格无懈可击,偶尔笑起来如纯洁兔宝宝"。但我的下巴并没有因为初见张曼玉而掉下来,她的美丽并没有让我必须扶着椅子才站得住的震撼力,远远不及林青霞,一眼望去,浩瀚辽阔,无一不是美丽。

可是我特别喜欢张曼玉说话的声音,低低的,像一只手在安静的午后轻轻推开厚重的木门,即便是最简洁的对答,明知道她答得敷衍,答得心不在焉,但那声音还是天生带着感情的。我记得侍应生把饮料送上来,张曼玉说她少喝冷饮,我随即把自己点的温水推过去,她马上礼貌地用广东话问:"那你自己呢?"那声音我一直记到如今。

第二次是在吉隆坡国家礼宾馆,那时的张曼玉已经是国际影后,飞过来纯粹是为代言的名表站台。我记得她穿着一条线条利落的裙子,英语说得舒畅飞扬,全身没有多余的首饰,只有一只表在她回答问题时,有意无意地扬起,有意无意地闪闪发亮——这恰恰就是造型的高妙之处。而那一次，也是张曼玉和该品牌全球总监的绯闻传得沸沸扬扬的时候，并且整个招待会因为两人迟迟待在厢房里不出来而延后了大半个小时——而张曼玉时时刻刻都需要被爱情滋养的说法，恐怕打那时候已经留下太多的蛛丝与马迹。

至于上一次在北京见到张曼玉，其实也是好几年前的事了。张曼玉在三里屯出席"万宝龙"品牌活动，我恰巧被安排坐在近门边，看见穿着灰色薄纱缀钻片超低胸晚礼服的张曼玉在临上台之前，飞快地把手指伸进嘴里剔了一下上排的牙齿，想必是担心完美的巨星形象在苛刻的镁光灯面前有所闪失吧，可百密一疏，一个不小心把最不应该在公众场合张扬的小动作给我看了去——至于重点是，那一次品牌专程邀请张曼玉以优雅的国际影后形象诠释特别为摩纳哥王妃兼奥斯卡影后格蕾丝·凯利设计的珠宝系列，偏偏张曼玉却在媒体见面会上一开声就在媒体的逼问之下无奈地亲口宣布和德国建筑师男朋友正式分手，结果几乎不费吹毫之力，"玛姬与德国建筑师男友告吹"的新闻就抢尽了隔天全北京的报章头条，而且因为她是张曼玉，同时也是阮玲玉是金镶玉是苏丽珍是蒋南孙是玫瑰是青蛇，谁还会关心品牌推出的首饰系列长成什么样子了？大家关心的是，频频为爱情焦头烂额的张曼玉，会不会因此而对爱情彻底戒严宵禁？并且品牌高层的脸，据说因此唰的一声，全黑了下来。而当时偏偏是张曼玉最风光也最风华正茂的时候，她的美丽结合了东方的兰蕙芷蘅和西方的风尚优雅，实在是所有高级时尚品牌力争的代言对象，更何况那个时候，美丽这两个字，在张曼玉身上根本就是颗特备飞弹，不但充满发动力，更具有诱导能力，尤其对于追随时尚的群众，随时可以发挥最强悍的左右作用，谁也不敢拿她怎么样。

可张曼玉再华丽、再风雅、再曼妙，终究还是得在岁月面前低下头来，这不是宿命，是定律。最近受邀出席高端时尚品牌的活动，张曼玉笑意嫣然地站到照相墙前，新染的发色在灯光底下像是熟透了的橙红色麦穗，把她原本瘦削的脸容映照得特别憔悴特别慌张，立时挑拨了娱乐媒体的集体八卦神经，竟不约而同，大力鞭笞，把焦点从品牌新店开幕转移到她江河日下、苟延残喘的美色。可我们不也都心照不宣，在岁月面前，彩云易散琉璃脆，所有事物不都是脆弱得不堪一击的吗？更何况那只是一张曾经穿着花色妖娆的旗袍，提着铝饭盅到唐楼底下婀娜走过买碗云吞面，美丽到极致的张曼玉的脸？张曼玉的下半生虽然还没有对谁托付的着落，但她的日子看来毕竟还是过得挺拔自在，我们有没有必要对一个喜欢抽很细很淡的烟，喜欢自己剪头发，喜欢一个人逛美术馆和二手服饰店的女明星赶尽杀绝呢？

至于时间——时间本来就不讲情理，即便是美人，在岁月面前也没有获得额外优待的权利。而最能体现时间残忍地流逝的，我渐渐发觉，其实并不是钟表，而是女人的脸，尤其是美丽的女人的脸，她们色如春晓的眉眼，通常都逃不过在时间的嘀嗒声中一分一秒荒芜、折损、枯萎，白云千载空悠悠。

实际上，在时尚与美的疆界，我不是相对主义者，从

来不会特别向东方或西方的文化靠拢。但亚洲文化再怎么快马加鞭地革新,再怎么招兵买马地企图西化,到底还是与西方审美标准有着一定的差距——连呈现"美"的方式,到今天还是没有绝对的自由。正如苏珊·桑塔格曾经说过,西方公民自由的标准在亚洲完全起不了作用,亚洲文化基本上强调的是集体主义,但这态度却有遗毒,因为它背后的精神是殖民主义的——这多少也解释了为什么娱乐传媒们对张曼玉曾经叱咤两岸并独成一格的美丽,竟毫无反抗能力,却在时间的咄咄逼人之下沦落得越来越苍凉之际,媒体做出的批判式反应,却是大力鞭笞和践踏,完全缺乏同理之心。

而这其实是多么锋利的连接和转折呢，因为张曼玉一张在岁月面前竭尽全力却依然徒劳无功无力的照片，竟牵动出苏珊·桑塔格的哲学理念，并让我严厉地检验起自己对于"美"的包容度和接纳能力，到底是不是合乎开放的标准。

没有一个年华老去的女人可以和岁月和睦共处。在年华终归老去的岁月面前，女人们都手无寸铁地等待衰老降临：一是带着一脸的矽胶，皮笑肉不笑地继续蛮横地和岁月角力；一是逆来顺受，彻彻底底地让岁月辜负曾经泣天地动鬼神的美丽。但因为张曼玉是张曼玉，所以她措手不及地被逼在众目睽睽之下，仓促上映了一场她和她曾经呼风唤雨的美丽道别的仪式——林花谢了春红，开到"曼玉"花事了，再提传奇就显得俗气了。我比较相信的是，一个美丽的女人在五十岁之前把自己活成一则传奇实在不是太难的一件事，但五十岁之后，走的明显是一段下坡路，要让自己一直传奇下去，靠的已经不是运气，以及仅仅一层皮肤那么浅的美丽。

张爱玲说过："悲壮是一种完成，而苍凉则是一种启示。"因此被岁月"辜负"，其实完全印证了张爱玲所预言的"苍凉的启示"。而被翻脸无情的岁月辜负，和被曾经信誓旦旦的男人辜负，所承受的情感煎熬是一样的，一样地痛苦着，但又一样地回味着。岁月明明背弃了你，但每一个女人，都迟迟不肯放下曾经风光明媚的逝水年华，都还一直忐忑地学不好如何接受和善用岁月回赠予她的那一份历练、那一份自在，以及那一份套在脚上的鞋子渐渐松软了，但脸上的笑容慢慢宽容了的黄昏之后的美丽——就算她是张曼玉。

最后一班陪伴月光奔跑的地铁

　　刘嘉玲出事的那个晚上，他完全开不到车，整个人慌成一只被猎人射中右腿的麋鹿，浑身颤抖，是张学友二话不说，抓起车匙，抿着嘴，整个港九开着车，一圈又一圈，兜了再兜，陪他找人，陪他慢慢地把沸腾着煎熬着的情绪压制下来，事情已经这么坏，事情也许还可以更加坏，但至少在那最关键的当儿，身边有个人，可以伸出半边身子，帮助他镇定下来。于是后来吧，张学友在经历一段不算太短的低潮过后，复出并第一次在内地开演唱会，平时对这些镁光灯啊派对啊记招啊庆功宴啊粉丝啊，总是能避就避的他，竟然谁也没有惊动，一个人，飞到北京，并且破了天大的例，演唱会结束后悄悄溜进后台，给张学友一个文静的、千言万语的拥抱。

　　这其实是后话了。前言是，我其实并没有太过着迷在电影里头风风火火的梁朝伟。我喜欢的是，往后退开几步，隔着适当的距离，袖起手，像无可无不可地跳着读村上春树的短篇，自顾自在支离破碎的情节当中，拼凑出我自己惬意的梁朝伟。就好像我特喜欢在阿根廷为病菌感染泻肚子泻得连站都站不稳的张国荣煮粥，然后一口一口喂他喝，并且体贴地牵着病后体弱的张国荣，在杜可风刻意打出来的绿色灯光的客厅里一起练探戈的梁朝伟。而且我到现在都还觉得在阿根廷乍泄的春光里，梁朝伟头上顶着的小平头是那么地性感，让人忍不住想把他揽进怀里，然后把脸凑过去，闭起眼睛享受短短的发尖触上肌肤，那种酥酥麻麻的刺痛感。而到后来我才知道，那发型原来是张叔平亲手用电动剃刀给生硬地铲出来的,图的就是那种廉价理发店理出来的效果,他要梁朝伟脸上有那种同时被日子三番四次戏耍霸凌以及被爱情来来回回推拒逢迎,像孤零零地挂在厨房里的一把勺子那样的孤绝感。而我之所以对剃平头的梁朝伟感觉特别震撼,是因为我见过穿着鼻环留着半长头发,额前的刘海垂到鼻尖,浑身 grunge look,痞着脚步在吉隆坡当时尚未改建成 Double Tree 还叫 Prince Hotel 的咖啡室朝媒体们走过来,用生硬的华语对大家说"那我们就一边吃一边谈吧"的梁朝伟。那时候的梁朝伟还挺年轻,脸上多少还有一股"随便吧,都没所谓"的玩世不恭,无可无不可地飞过来为第一张广东大碟宣传,而我对梁朝伟的第一印象是,他在电影以外的自我表现能力原来还真有点未尽人意,比想象中害羞,也比想象中封闭,整个人时时刻刻都往内收。我唯一记得的是,他把眼睛垂下来,因为坐得近,可以清楚地看见他的眼睫毛真长,像一对蝴蝶的翅膀,一忽儿深情款款地一张一合,一忽儿深情款款地覆盖下来,而他说话的声线,永远带着一种还在赖着床的慵懒,其实不是不适合唱迷迷蒙蒙的情歌的。

  而我一直想说的是,我应该不是唯一一个觉得在气质上,梁朝伟特别地接近村上,因此如果真有谁想将村上春树的故事拍进电影里,现阶段的梁朝伟其实老得刚刚好。他看上去就像搁在茶几上就快完全凉了下来的一杯清茶,浮在杯口上薄薄的那片茶膜,有一种欲说还休的沧桑,并且几乎不需要怎么在外貌上造型,也不需要怎么在对白上起韵，只要往镜头前面一站，村上春树的儒雅和梁朝伟的清正渐渐地就合为一体。他们基本上就是彼此的隐喻，也是被彼此追踪的两条影子，尤其他们那种努力与现实生活握手言和，却又无可避免格格不入的巨大距离感，落在很多忧心忡忡的中年男人眼里，很自然就泛起一圈圈熟悉的涟漪，因为人近黄昏，因为千帆还未过尽，那是老男孩们的内心世界，视力、听力和感受力都最彷徨最慌张的时候，常常对被忽略的自己有着一牛车说不出口的歉意。听说梁朝伟读村上春树读得很凶，而且喜欢的章节，可以一整段一整段地背出来，而且他也读很多的三岛由纪夫，喜欢三岛文字中那种和生活决裂并且自我毁灭的美感，对日本文学虔诚地奉行着诡异并且不可言喻的精神上的皈依。最重要的是，梁朝伟从来都没有否认他是个不怎么反抗，乐意被际遇裹挟着走，没有什么改革意识的一个人，就连郁郁寡欢，他的郁郁寡欢也都是小心翼翼的，不张扬，也不叨扰身边的人。而且，为了不想让自己一直自欺欺人地平易近人，梁朝伟总是一有机会就避开人群避得远远的，喜欢一个人半夜在纽约坐地铁，在寂寞里欢愉地任由情绪自由自在地自渎。就好像村上春树说的，告诉人家自己是一名作家是挺难为情的一件事，因为作家太招摇了。明星其实也是，梁朝伟如果不是因为甩不掉的演员身份，无论接下什么样的角色，总得贯彻始终，总得张弛有度，也总得对每一个角色的设计有一定的参与和投入，他其实和村上春树一样，有一种很绅士的固执，不容许自己对生活的虔诚

度和仪式感受到外界丝毫的侵入。至于在电影世界里头，梁朝伟一直都是一个值得被尊敬的对手，我记得刘德华有一次和他同时角逐影帝，谈起输赢，谈起对手，谈起五虎，刘德华忍不住说，谁是影帝都还是其次，关键的是层次，他自己现在也只能算是个八面玲珑的艺人，但梁朝伟早已经是个艺术家了。而且梁朝伟在银幕上的炉火纯青、游刃有余、轻盈灵活、沉稳洗练，就连李安也说过，梁朝伟特别厉害的地方是，他连背影也有推动剧情的演技。我不是影痴，不知道梁朝伟的好，原来已经好到可以给香港影帝设定不一样的气派和不一样的深度，因为有所为有所不为，所以才成就他今天的作为。

另外，在情理上，梁朝伟和张国荣的个性根本是凑合不到一块儿的两个人，连王家卫也说，张国荣是花蝴蝶，在片场里满场乱飞，疼惜别人的同时也要别人疼惜，偏偏梁朝伟却安静得像一座搁在走道旁差点被美术指导冷落的小道具，可以一整天干坐着不出一句声。有一阵子，张国荣和梁朝伟是邻居，张国荣老钻过来和刘嘉玲还有王菲同林青霞打麻将，梁朝伟则躲在房里听很重很重的摇滚音乐，偶尔出来给大家添茶递水，老爱给张国荣介绍什么雨前龙井什么七子普洱，遇着张国荣赌兴正浓，听了就觉得好鬼烦，干脆尖着声音朝梁朝伟嚷嚷"我鼻子塞啊什么都闻不到，你给我冲一杯甘菊茶包就好"——所以张国荣离开的时候，梁朝伟哭得比谁都凶，后来他才提起，他好怀念张国荣那阵子因为家里有人嗅不得烟味，常常按个门铃就过来借他家露台抽烟，两个人碰着了就有一搭没一搭地聊几句，在烟雾弥漫中，没有特别的惺惺相惜，但有一种看不见的缠绕着的亲昵，说不上来为什么，梁朝伟觉得除了刘嘉玲，在张国荣面前他可以让自己敞开来，做一个木无表情把头剃光的诗人。

　　太多人说，刘嘉玲是梁朝伟"最不梁朝伟"的一次选择，但就这一点，我始终略有保留——如果不是刘嘉玲的霸气而强悍，恐怕没有第二个女人可以忍受身边的男人像梁朝伟那样，稍微在片场里一个镜头拍得不称心，晚上回到家就不吭一声，低下头，把一屋子的地都来来回回地抹干净，然后把脸埋进沙发里，结结实实地痛哭一场，哭完了刘嘉玲就把热毛巾递过去，然后给他倒杯水，一句话都不问，单单几个行云流水的动作，就可以把梁朝伟九曲十三弯的情绪给熨得服服帖帖的。她甚至从来不过问自己在梁朝伟心目中的位置，因为她知道，梁朝伟最爱的女人未必是她，但梁朝伟最需要的女人绝对是她，只有她能够用一个眼神就把梁朝伟摁在椅子上。虽然我老觉得刘嘉玲年纪越大越呛烈，她艳丽得接近凶悍的妆容，还有她把所有人都咄咄地逼到墙角下的上进心，其实都给人一种想挣脱的压迫感，跟我们所认识的梁朝伟所应该选择的女人有太大品味上和气质上的抵触；但我比较相信的是，常常都是这样，渐渐地两个人走到最后，刘嘉玲只是驯服了梁朝伟，用她的霸气一路呵护着梁朝伟的文艺。而且在某种意义上，梁朝伟和村上春树都一样，觉得女人只是一种将他们和外界连接的媒介，他们只是通过女人让一些事情可以顺理成章地发生，并且特别享受躲在背后，被动地看着女人为他们展示如何和外头的世界搭桥梁打交道，至于他，就专心地当最后一班陪伴月光奔跑的地铁，在这个咄咄逼人、精明得过了分的世界里，寸步不移。

梅艳芳

———————————— Anita Mui

十二少，老地方等你

后来香港就再也没有传奇了——

后来的香港，像《胭脂扣》里如花回返人间，石塘咀清风依旧，唯风月不再，她手里紧紧捏住一组和十二少相认的暗号：三八七七。可触目所见，一切都是陌生的，一切都是躁动和惊恐的。

于是记忆的抽屉咔啦一声拉开，一切都变得历历在目起来，梅艳芳逝世那一天是二〇〇三年十二月三十日，那时马来西亚的纸媒多蓬勃，傍晚六七点，总有一群人围在档口等候报馆的印度派报员骑着摩哆车，风雨不改，把后座叠得比人还高的晚报送到不同社区的街口，那场景完完全全漫溢出椰影摇曳的南洋风情，然后一个穿着油腻腻厨师服的年轻厨师从饭店后门闪个身溜了出来，付了钱抓起报纸，瞪着报章头条，一边读一边转动他举起的右手食指："Why why tell me why，嗄，这样就没了？"而那晚的暮色，奇怪，竟拢合得比平日迟，都临近七点半了，珊瑚色的夕阳还红艳艳地挂在八打灵旧区的一角。而我瞥见那年轻厨师的眼里，闪过一丝对命运的不屑，和几分因为梅艳芳离世而藏不住的怅然若失，他们因为梅艳芳，把生活里晦暗苦闷的冰山劈开，也因为梅艳芳，相信只要有才干，只要肯奋斗，再怎么草根，再怎么烂泥，都有可能翻身一变，变成为各自行业里的天皇巨星。偏偏梅艳芳却不在了，留下最后一场演唱会上一道长长的铺上红色天鹅绒长布的云梯，人去楼空——

同样，当时香港电视台一连几天都在直播梅艳芳的死讯和葬礼，那时因为"非典"，因为张国荣，香港从来没有如此愁云惨雾过，我第一次看见平时说话霸气举止刚硬的香港人，在那一阵子是多么地压抑和无助，而且电视台一直把梅艳芳强调"别矣，香港的女儿"，她不在了，香港的气魄，在一定的程度上，崩损了，也漏散了。我在电视上看见梅艳芳的灵车从灵堂徐徐驶出，守在路边的歌迷和影迷见了，顿时抱在一起、哭成一团，甚至有一个年轻的女郎，挣开她外籍男友的臂膀，手里持着一束颤抖的白菊冲到马路上——我其实心里明白，他们都舍不得梅艳芳，但他们更舍不得的是，曾经趾高气扬、头角峥嵘的那个香港。

而梅艳芳和张国荣终究还是不同的。张国荣的离开，是一颗明星在大家面前倏然陨灭了，大伙的伤心里头，有太多的惋惜，有太多的不舍；至于梅艳芳的逝世，除了风月易散，烟花太冷，更是香港一个时代的结束，也是香港一则传奇的终止，大家的反应是悲恸，是震撼，是难以接受——梅艳芳和香港同唱同和、同呼同吸、同悲同喜，和香港的连接太过紧密太过深刻，几乎大半生都在为社会呐喊，为公义护航，为朋友出头。在梅艳芳身上，我们看到的是香港人如何把奋斗、义气和操守，都摆在自己前头，她根本就是香港最引以为傲的本土品牌，不但见证了香港如何从赌窟和贫民屋遍布的六十年代，蜕变成廿世纪繁华高楼耸立的国际金融大都会，更彻底影响了九十年代广东流行歌曲飞跃风行的娱乐精神，提升香港艺人的国际地位，让香港以外的每一个人，都对这颗曾经光芒四射的"东方之珠"肃然起敬，另眼相看。

我特别记得，好多好多年前，梅艳芳来马来西亚宣传，那时候一大票的娱乐记者几乎都是她的粉丝，梅艳芳还没出现之前，其中一位领头的大姐还用广东话把大家招呼过来说："来，我们统一一下，待会梅姐出来，我们应该要称呼她Mui'谢'，还是Mui'遮'。"当时我站在一边，算是半个参与者，禁不住震惊，完全不知道原来一个真正受到尊重的艺人，大家连对她的称呼，是第二音还是第四音，都会再三斟酌、来回推敲，深怕不够恭敬，深怕怠慢了她，可见梅艳芳赢得的尊敬，几乎是压倒性的。然后她坐下来，因为瘦，看起来比想象中高，很小心地把纤瘦的身体藏进特大号的牛仔外套里，而我一边用笔做记录，一边留意她那两只露在外套外的手，那么白皙、那么纤瘦、那么嫩滑，令我想起梅兰芳那双曼妙妩媚、柔若无骨的造手。听说梅兰芳为保护双手的柔嫩，平日洗脸，是连毛巾也拧不得的，而且夜里入寝，舌头上一定压着一片梨子保养嗓子，第二天醒来，梨片都是黑色的，我很好奇梅艳芳是不是也这样？

而关于爱，梅艳芳的爱情影影绰绰，但福气终究单薄了些，虽然她爱过的每一个男人，任何时候都会伸出臂

膀保护她，珍惜她，尊重她。特别是赵文卓，有一次赵文卓上清谈节目谈起梅艳芳，观众席上还坐着他的太太张丹露，主持人问起他和梅艳芳的旧情，他先是腼腆地笑，提起最后一次见到梅艳芳是在上海，当时梅艳芳已经病入膏

肓，他明明是刚烈的练武的人，看在眼里，也心如刀割。后来梅艳芳走的时候，他给梅艳芳写了八个字："此生至爱，一路好走"——说到这，再怎么硬朗的汉子到底还是禁不住在镜头面前红了眼眶，两道浓黑的眉毛紧紧地压下来，喉结不断滑动，哽咽着说："梅艳芳是我这一生深深爱过的女人。"一个男人，要对爱情多么有始有终，要对爱过的女人多么有情义有担当，才有勇气在妻子面前，承认另一个离开的女人是他的至爱？他说，在他眼里，梅艳芳是菩萨，对所有人都好，旁人说她什么坏话，她都可以忍受，但朋友受到攻击和委屈，她就万万不能——至于他们之间的情事，包括梅艳芳说过，如果没有那场误会，她很可能已经是赵太太了，他都只字不提，他说："爱一个女人，就是保护和她之间所有的秘密。"单就这一句话，赵文卓也不负我们一路把他视为情天浩浩、那个眉眼如峰、顶天立地的法海。在爱情面前，梅艳芳是许多男人的红颜知己，也走进过很多男人的心里，但最终一切都是如梦幻泡影，因为把爱情组合在一起的，除了因果，除了缘分，还有命盘，梅艳芳的命盘里面，桃花折损，黯然销魂。

甚至亦舒也提起，香港再也不会有第二个女人，可以在她举殡送葬的时候，替她扶棺的都是全城最受瞩目的型男，都是当时影视圈里最耀眼的一时亮瑜，包括刘德华，包括梁朝伟，也包括刘培基，还有走在前头为她捧着遗照的谢霆锋——甚至连杨紫琼和香港前广播和新闻处长张敏仪，也打破了女性不扶棺的传统，低下头，万般不舍，给梅艳芳送上最后一程。还有近藤真彦，时光很公平地也碾平了他的青春，眼神不再精灵狡黠，在灵堂上悲伤得四肢无力，需要人搀扶，但我们谁都没有忘记，他曾经是如日中天的日本天之骄子，和梅艳芳有过梦里共醉的情爱纠葛，而梅艳芳生前最爱的那一首《夕阳之歌》，原唱者就是近藤真彦。而因为都被这一些精锐人物围绕，梅艳芳这一生也许并不圆满，但绝对壮观。

我常常想起当年认识一位特别喜爱梅艳芳的朋友，平时省吃俭用，不舍得对自己好，可为了梅艳芳，竟豁出去买了机票和最贵的门票，专程飞到香港看梅艳芳最后一场演唱——因为知道，这将是她最后一次的演唱了。她当晚打了吗啡所唱的每一首歌都是绝唱，所说的每一句话都是遗言，朋友看见梅艳芳忍着痛，一步一回顾，穿上刘培基为她设计的婚纱，爬上长长的红色丝绒云梯，"斜阳无限，无奈只一息间灿烂"，和歌迷们依依不舍地挥手，每一步都把歌迷们刺得遍体生疼，他说，很多梅艳芳的歌迷其实一整夜都是流着泪把演唱会看完的。结果没多久，梅艳芳死讯传来，朋友把脸埋进臂弯，俯在咖啡座的桌面上，哭得浑身哆嗦，多么懊悔又多么庆幸自己去看了梅艳芳的演唱会，懊悔，是因为如果歌迷们都不忍心看，也许梅艳芳就不会硬撑着唱，如果不硬撑着唱，会不会就可以把梅艳芳能留多久就多久？芳华绝代，梅艳芳选择了她最喜欢的方式告别，但她从来没有离开，她一直是我们搁在心头上最放不下的，前事渺渺故人来。

张 震

Chang Chen

牯岭街上的一线天

去你家——舒淇溜下楼,把她昏睡中的同性情人留在家里,对骑着机车来看她的张震说。张震垂下眼,也不多问,顺从地把机车掉转头,递给舒淇一只安全帽,噗突噗突地就朝他家里的方向骑去。而那一路上,侯孝贤的镜头死死地咬住张震不放,他蓄了羞涩而疏落的唇须,嘴巴抿得紧紧的,风用力地掌掴在他脸上;但我看见的是,他额头上绷得紧紧的青筋,全都是随时准备爆射开来的情色,他巴不得马上把整张脸轻车熟路地埋进舒淇的胸脯,在柳暗花明的肉欲里劫后余生。

多奇怪。导演们好像都私底下约法过三章,特别喜欢在电影里头把张震设计成情欲的导体,让戏里的女主角明目张胆地勾着张震的脖子放纵自己。就连王家卫也是——他让巩俐把手伸到张震胯下,来来回回搓摩,张震整张脸涨得通红,眼珠子差点突了出来,既亢奋又悲哀,他知道,他只是一个小裁缝,不配伏在当红舞女身上翻云覆雨,他就只能把翻腾的情欲宣泄在巩俐打赏给他的那一只手里。

但张震不知道的是,他脸上有一种介于坚毅与等待被开发之间的少年气,尤其是他那一双犹如在悬崖边上荡秋千的眼睛,对于稍有阅历的女人来说,显然就是一种情欲的挑拨,所以巩俐斜着眼睥睨,唤他"小张",然后抓起他微微颤抖的手用力按在她的腰肢上——不知道为什么,总有一种男人,是女人乐意把自己的身体猫过去,在被他征服的同时,也把一根绳索悄无声息地套在了他的脖子上,偶尔想把身体贴过去暖一暖的时候,就轻轻一扯。

就好像当年杨德昌拍《牯岭街少年杀人事件》，早在四年前试镜的时候就把张震给定了下来，但那时候的张震实在太瘦太小，还常要坐到母亲大腿上撒娇，实在说服不了大家他会提刀杀死他喜欢的人。然后等到四年之后再会了一次面，张震已经十四岁了，开始长身体，身形拉拔得恰恰好，如果不抓紧那个时候拍，张震恐怕很快就要风一般挣脱他青涩的少年期。但真正触动杨德昌的，是他对身边熟悉的电影朋友们说："这孩子的眼神特别深，有一些我不懂得的东西在里头，好像在传达一种无以名状的感情，我很好奇，这是在其他孩子身上看不到的。"

结果电影拍完之后，有一天张震的父亲张国柱找上门来，劈头第一句就要杨德昌把他孩子的笑容和童真还回来，他对杨德昌说，戏拍完之后，张震完完全全变了另外一个人，眼神像一口井，神秘、冷峻、深邃，常常对着空无一物的窗外发呆，他熟悉的孩子不见了，是张震自己动手，提前扼杀了他应该懵懵懂懂的少年期。

后来我常在想，小四这个角色对张震的冲击到底有多大？他在演出"牯岭街少年"的时候，也不过是个十来岁的春风少年郎，如果不是个子长得比一般同年龄的男孩们高，其实一点也不打眼，但他出奇宁静的眼神却给了我迎面一击，因为他的宁静太过锋利，像一把匕首搁在桌面上，一闪一闪，发着幽幽冷冷的光，暗暗藏着深不见底的杀机。

而我们其实都看得出来，张震明显有太多触了礁的故事搁浅在心湖上没有被捅开来，他只是习惯了在静默之中安然自若地溺毙他自己：一次，两次，三次；而那时候的青春，几乎都是一叠一叠掷在地面上任他践踏的，直至他开始迈入轻中年，岁月这才开始对张震慌了手脚，赶紧把他拉扯到正规一点的生活轨道上去。

我挺喜欢这么一句话：艺术反映的往往是艺术家自己，他活过的日子吃过的苦放纵过的风流，都要点点滴滴注射进他的作品里。但演员呢？演员恐怕不是。我记得张震说过，演员是被动的，是角色选择了演员，而演员只是磨尽心神耗尽精力，让角色在乌漆麻黑的电影院里再活一次——因此他可以是苦练了三年八极拳，结果只有惊心动魄的三场戏，而在火车上遇到章子怡的时候他就是刺杀汪精卫失败受了伤，被章子怡及时抖开来的冷袭救了一命的军统特务"一线天"；他也可以是介入梁朝伟和张国荣之间的第三者"小张"，那么青春，那么无邪，看上去就像一块干净而生机勃勃的陆地，平衡了两人之间的拉锯，而不是一座横跨巴西和阿根廷的伊瓜苏瀑布，激烈地冲散黎耀辉不懂得如何再去爱何宝荣的勇气；他也可以是学了整整一年围棋和日语，还一度留在日本模拟棋手作息，并且拍摄前必静坐半个小时以进入角色的"昭和棋圣吴清源"。

演戏不难，难的是进入角色前的细节研究、生活体验和拿捏感情的奔放和收敛。张震说过，他比起"一线天"幸运得多了，至少他为了生活而做的恰巧是他理想中的事，"面子"和"里子"都算是相应相符，不像"一线天"，终究一生都得屈就在一家叫"白玫瑰"的理发店当理发师隐

047

藏身份。

因此张震到底还是赶在四十岁之前结了婚。一个目睹过父母破败不堪的婚姻的孩子，对结婚心存芥蒂、迟迟却步不前是绝对可以理解的事，可到头来他还是愿意为所爱的女人，热热闹闹地办一场人声沸腾歌舞升平的婚礼，几乎把两岸的所有电影人都请来了——张震从来都不是一个完美的人，他也从来不热衷做一个完美的人，也不需要为了做一个完美的人而委屈自己。一个太完美的演员，对于我来说，终究是怎么看怎么无聊，但他乐意给他所爱的女人一个完美的承诺。

张震也不是贵族，他也从来没有掩饰他偶尔的痞子气，常常没戏拍的日子就在台北趿着拖鞋蓬垢着头脸到固定的小店吃饭，而且来来去去就那几家，都是从小吃到大的，但他还是坚持回到同样的小店点同样的小菜，即便那几家小店的菜都已经炒得东倒西歪，水准直线下滑，但他还是吃得津津有味，因为他说，他是把一整碟情怀都吃进肚子里。一个眷念情怀的男人，不知道为什么，我老觉得他们一旦温柔起来，绝对可以水漫金山，地动山摇。

更何况张震一向很坦白，他的经济条件并没有大家想象中的宽裕，拍戏拍了整卅年，他并没有因此飞黄腾达，主要因为他遇上的导演都特别慢节奏，都喜欢把一个镜头来来回回地磨磨蹭蹭，往往一两年下来，也就只拍了那么一部戏，产量少得让人担心，倒是他自己说："我其实很懒散，性格上也温吞，其实慢一点好，慢一点适合我。"

事实上是张震的自我要求太过严苛,以前他每拍一组镜头就看一次回放,老是磨着摄影师要求重来,恼怒自己刚刚不该眨眼的地方偏又把眼给眨了,还有讲话的速度老是有点太冲,把节奏给搞砸了,有点搭不上那场戏的气氛。而私底下的张震话不多,喜欢静,也喜欢不被人留意,常常在拍戏现场,手里夹着一根烟把脸对正窗口边,也许是在想念谁,又也许是把戏里的台词在心里叨叨念念地过了一遍又一遍,老半天不说半句话。即便拍戏现场的明星阵容多么热闹都好,他总会逮到机会微笑着躲到一个安静的角落看书去,而他看的书种类挺杂,一忽儿看日本文学,一忽儿看社会学,间中也看一些推理小说和人物传记,他说,看什么书其实不重要,重要的是,他需要借一本书进入一种安静状态,把自己的心带领到没有人可以叨扰的地方。

当然婚后的张震越来越明白这世界哪来这么多惊天动地的爱。从戏里挣脱出来之后,男神充其量也不过是主管一家的土地神,他懂得的爱很浅白,需要动用到的爱也不见得规模有多庞大,只要两个人靠在一起,平实朴素地过日子,只要太太可以领受他不拍戏的时候连头发都不梳,像个欧吉桑[1],穿件裤衩坐在客厅里喝啤酒,如果碰巧撞上《教父》三部连环播,他就高兴得跟什么似的,可以动也不动一整天坐在家里对着电视,毫无羞耻地虚度时光,其实

---

[1] 欧吉桑:音译自日语,即中年男子。

那也就差不多了。

很多时候，爱情不过是故弄玄虚，以蒙太奇手法玩弄句法与词汇，而男人的功能，就只是用来衔接故事的开头和结尾，真正的爱，其实就在饭锅雪柜，以及掀开的马桶板和拉开门追出去的垃圾车里头。可不知道为什么，想起张震，就想起舒淇，想起舒淇在《最好的时光》里头是个癫痫症患者，把病卡落在张震家里，卡上面写着："我是癫痫症患者，不要叫救护车，请把我移到安全温暖的角落。"而我们在初初结识爱情的时候，谁不都是另外一个人的癫痫症病患？一而再，再而三，为了一段可笑的爱情和一个不对的人，常常无端抽搐，也常常无端端的脑细胞过度放电，终究要等到遇上可以把自己镇压下来的人，才渐渐地恢复正常——其实张震也是，原来我们都是。

金城武

———————————— Takeshi Kaneshiro

你看不见的金城武

金城武真坦白——我四十五了，他说。而他的坦白里头，奇怪，我怎么好像嗅着一股玉石俱焚的味道？他应该足足等了二十多年吧，现在终于有机会在嘴角挂个饶富深意的微笑，望着我们这些当年为他的俊美而惊艳得整个下巴掉下来的"金粉"，仿佛在揶揄又仿佛在嘲弄着说："瞧，我终于也老了，你们也该歇一歇，放过我了吧？"而他唯一丢下给我们的，是一条"大隐隐于市"，在最文明的城市的某段陋巷里，一个人，没有同类，也不需要同类，怡然自得地生活着的精神线索。

当然金城武多少低估了我们对他的不离不弃，背后其实也匿藏着我们自己不愿意声张的孤独主义。我们喜欢他，绝对不是因为他的名字本身就是一个电影工业的经济体，也绝对不是完全被他的皮相吸引，而是，他之所以难得，是因为在一个不包装、不喧哗、不主动就会被吞噬被淹没的世纪，他竟然选择当一个物质和精神都冷冷清清的人——而这样的人，在受惠于高科技网络世界的文明国度里，其实已经渐渐绝灭，金城武显然是硕果仅存的那一个。金城武不止一次说过，"金城武"这三个字，常常让他感觉浑身不自在。他不喜欢藏在"金城武"这个壳子里的他自己，所以他从来不会刻意去经营这个名字，也从来不会拼了命为这个名字打蜡采光上釉，然后依靠这个名字为他自己谋求一波接一波、延绵不绝的名利，他要的，其实是一个没有企图心的人生——

我记得《百年孤独》的马尔克斯在一场公开访谈中提过："名气这东西还真烦，它不但侵犯你的私生活，它也会抢走你和朋友共度的时间，到最后你还必须妥协下来，和真实世界完全隔离。"我想金城武也是。金城武说过，在银幕上含情脉脉地看着我们的那个人从来不是他，他是一个演员，他太懂得怎么把自己巧妙地藏进角色里。而演员和明星不同的地方是，明星的光环一旦被摘下来，就必须面对任人挑剔和取舍，甚至被公然摒弃的可能性，所以只有彻底砸碎自己的明星形象，金城武才有机会慢慢拼凑回原本的他自己。而且从一开始，金城武就放弃利用演员的戏剧性和明星的丰富性来包装"所谓男神，由他而始"的他自己，基本上是个挺享受在生活上一成不变的一个人，听起来就像个安分守己的牧童，每天沿着同一条路线放牧自己，然后再沿着同一条路线将自己赶回羊栏里，而羊只们从来就没有埋怨过青草只有一种颜色、一种口味——口味素寡的男人，我老觉得特别具有一种深邃的、迂回的吸引力。

因此可以想象，金城武绝对是一个害怕热闹的人，非常地怕，常常怕成一个社交圈子里的逃兵。很多年前读过他的一篇报道，说他刚刚走红的时候出席电影杀青宴，整个晚上从头到尾抓着一杯鸡尾酒，傻傻地笑，安安静静地笑，握着酒杯的手总是微微地冒着汗，只要大家一不留意，他就悄悄溜到没有人注意的角落，像个影子似的，希望可以不被骚扰地长长久久贴在墙壁上。结果很多年过去了，时间很公平地丰富了金城武，也沧桑了金城武，他虽然还是不够积极，却总算没有辜负喜欢他的人对他的期望：红了，更红了，更更红了，甚至渐渐地，红得成为一则带有距离感和神秘感的传奇，唯一不变的是，他还是那么地害怕热闹和人群。有人问他，片子拍完了，宣传也跑完了，你打算怎样好好地奖赏自己？他微微低下头，害羞地说："只要没有人注意我，那就是最好的奖赏了。"我可以想象发问的那个人是如何地如遭电击，被他的答案呆呆地击倒在原地。明明是一颗明星，金城武却千方百计扑灭身上的光芒，登峰造极地，将低调当作生活上的一种修行。

也因为低调，金城武跟圈中人的交集显然不多，但这并不表示他在这圈子里不吃得开——至少大家都知道，陈可辛总是特别疼金城武。而"疼"，以电影圈的专用词汇来解释，意思应该跟"罩"差不多。陈可辛曾经说过，金城武是一个天生神秘的演员，不管人前人后，都总是惯性地将自己收藏起来，就算摸上门找他拍戏，他永远都是推的比接的还多，但这一种将自己与喧哗热闹完全隔离开来，独来也独往，其实也是一种不容易修成的正果，至少可以替喜欢他的群众保留想象的空间。适当的距离，其实是一幅半透明的屏障，可以让他躲在屏障背后舒一口气，实在没有必要大张旗鼓，好像刘德华那样把自己包装得好像全年无休

的烟花，无时无刻不撒得满天满地都是，日子久了，还真挺考验群众的耐烦程度。

所以金城武喜欢全面扭熄音频，蹑轻手脚，生活在自己的世界里其实并不是一件什么坏事。深居简出有深居简出的尊严和不外求的快乐，最低限度，我们从来没有机会见到金城武被逮着或者被拍到让我们禁不住要皱起眉心别过头去的图文并茂和他个人形象严重抵触的滚烫花边就是了。而我喜欢金城武，无关秀色，原因基本上跟他能够长时期维持一个巨星的生活洁癖应该有很大的关系。更何况，角色和奖项，品质和特质，就好像村上春树提出的"高墙与鸡蛋"论,也许因为我本来就不是专业影评人,益发可以理直气壮地站在"鸡蛋"那一边,选择支持一个演员坚决维护他原来的本性和特质,而不是计算一个演员道貌岸然登上颁奖台的次数。

而导演当中,挑剔如王家卫,其实也曾经被金城武排山倒海的俊色震慑,在金城武的青春像支抵在大家喉咙底下的枪,最是咄咄逼人,也最是凶猛凌厉的时候,一口气把他拉来拍上《重庆森林》和《堕落天使》,给金城武设计了一个香港公路电影上最深情的角色——到现在吧,我偶尔还是会想念金城武饰演的干探223,想念他失恋的时候就去跑步,因为跑步可以帮助蒸发体内多余的水分,跑得累了发完汗了就没有多余的眼泪了;想念他一口气吃完三十罐五月一号过期的黄梨[1]罐头;想念在他万念俱灰决定把传呼机丢掉的同一时刻,悍艳的金发林青霞正留言祝贺他生日快乐;更想念他在离开酒店房间前掏出结在胸前的红色领带替金发的林青霞擦拭走了好多好多路的高跟鞋——那时候大家都年轻,都觉得这样子的爱情场景真他×的浪漫,到后来才渐渐明白下来,所有人的爱情其实都一样,三年之后就打回原形,怎么可能会熬到细雨迷离的一万年?

但真正懂得金城武的恐怕是陈可辛。陈可辛在金城武

---

[1] 黄梨:即凤梨,新加坡、马来西亚地区常以此称呼。

二十多岁拍音乐录影带的时候就惊为天人地发现了他,并且对自己说,将来有一天一定要拍到他。陈可辛觉得他有把握不把金城武在他的镜头前面当明星,却又可以让金城武的演员锋芒像抖出去的剑鞘一样,刺伤周围所有人的眼睛。我印象中陈可辛每每谈起金城武,语气总带有一种"看见他头一侧累得睡着了,只好蹑足走过去替他把烧了一半还夹在手指间的香烟给摘下来"的疼惜。所以陈可辛对金城武总是锲而不舍,他说他来来回回,拿着《投名状》的剧本从香港飞到日本见金城武好多好多次,并不是那个角色非金城武不可,而是他有信心金城武会因为那个角色而与李连杰和刘德华鼎足而立,他想让金城武在适合的剧本底下再蜕一次皮、再攀一座山——他疼他,并且每次陈可辛飞到日本,想找家最好的餐厅请金城武吃饭,金城武总是二话不说,带他穿街拐巷,摸上一间隐蔽的小店,店里的食物样样诚意十足,几乎没有一样不好吃,而且价钱比那些被美食指南过分吹捧的名牌餐厅足足便宜了一半有多,这时候金城武就会因为陈可辛的难以置信而沾沾自喜,开心地露出他开始有点年纪的酒窝。而且陈可辛还提起,他母亲生病,他母亲过世,金城武都知道,平时素朴鳏居的金城武,甚至悄悄飞去香港参加他母亲的丧礼,也是唯一参加他母亲丧礼的圈内人。后来他重提此事,金城武只是腼腆地笑着说"我那时候没戏拍啊",一点都不想放大他在朋友最需要的时候适当释放的一阵和风和一片暖晴，把自己拉成一个长长的空镜，镜头以外，纱幕晃动，没有刻意和谁对话的生命，总是显得特别安静，也特别懂得向自己靠近。

李安

Ang Lee

每个男人心里都住着一个李安

不过是近两年的事吧,我也记不真切了,李安大抵为了新片宣传,勉为其难地接受内地某杂志访问,而杂志指定的造型师担心怠慢了李安,撒下天罗地网,特地把爱马仕的外套和欧洲最顶尖的男装名牌,都一口气给调了回来,排场之浩荡,品牌之威武,恐怕是一般男人穷其一生都够不上的终极奢华——

李安乍见服装推架上来势汹汹的衣服,也只是笑,腼腼腆腆的,一如既往,也不推辞,也不抗拒,结果照片拍了出来,那些所谓的高端时尚也未免太欺负人,把李安的肩膀,不留情面地给狠狠压低了两寸——其实李安根本不需要劳师动众的造型师,他一站出来,本身就是一种"造型",甚至连"李安"这两个字,也已经出脱成一句独当一面的形容词,用来恭维别人气度儒雅,也用来赞叹一个人的才华逼人。

但我特别感慨的是,杂志封面上的李安,已经不再像站在竹枝上把剑舞得虎虎生风的李慕白,他原来没有想象中耐老,摄影师的镜头"吼"一声推过去,李安和他一头灰白的头发都不擅长面对镜头,被吓了一大跳,反而让李安看上去特别地憔悴,也特别地显老,并且岁月的暮色,正紧紧地向他四面包抄,他脸上的皱纹明显加深了、变宽了、错综了、复杂了,但庆幸的是——李安还是维持书生式的温文儒雅,笑容苦中带涩,并且以他一贯的节奏和调性,彬彬有礼地准备接待铺展在他眼前,荣辱与共、哀乐中年的后半生。

最重要的是，李安这一趟的访问特别带上了小儿子李淳，而李安在很大程度上，其实跟所有的东方父亲没啥两样，和儿子的关系始终保持着一大截客气而礼让的距离，并没有十分的亲密。李淳说过，李安只跟他说过一次"I love you"，那一次还是因为他压抑的叛逆突然连环性爆发，父子俩必须勇敢地坐下来，把自己用力地向对方打开，而且不知道是不是因为李安的"爱"用的是英语，所以多少减低了间中的别扭——我常觉得，时间虽然狡猾，但有时候它的狡猾也不无善意，就好像没有人想到，当年李安把自己的小儿子找来，客串演出《喜宴》里为赵文瑄和金素梅的新房蹦蹦跳跳压床的那个小男孩，眨一下眼就二十八岁了，甚至开始在他父亲导演的《比利·林恩的中场战事》，争取到一个对白不足十句的小配角。对于儿子摸着石头过河的演员这一条路，李安除了站得远远的，暗暗打点，偷偷保护，能够做的其实并不多。李淳也从来没有要求父亲替他搭桥铺路，却也凭着磕磕碰碰而来的机会，在台湾金马奖被提名角逐最佳男配角。

而小时候，李淳看见的李安，在记忆中都隔得远远的，印象并不是太真实："那时家里没有书房，爸爸老爱坐在厨房里的大餐桌前写剧本，一边写，一边对着厨房里的窗口发呆，常常魂不守舍。"他根本不知道当时李安心里头来回盘旋的其实是"要不要放弃""该不该把剧本寄出去"。就算到了后来，拍响了《卧虎藏龙》却经历了《绿巨人》的滑铁卢，李安一度十分彷徨，甚至想过就此退隐，结果父亲搁下一句"你必须回去纽约，你必须继续拍下去"，这才逆转了李安下半生的剧本，但也给李安留下这一生没有办法弥补的遗憾——李安接住了父亲按压在他肩膀上的期许，飞往美国为《断背山》勘景，两个星期后，父亲逝世，李安没有机会见父亲最后一面。这件事后来任何时候在李安面前提起，他都会马上把脸转向一边，永远都没有办法稀释他的哀恸。

很多时候我在想，男人也有男人的委屈，只是因为角色的安排和形象的树立，让他们没有办法抽出时间放开自己，好好地来一场地动山摇的哭泣。就好像李安在剪接室看《比利·林恩的中场战事》的成片，霎时间所有的压力和委屈都涌了上来，李安一时没有忍住，在剪接室里痛哭——美国剪接师体贴地站起身，把门带上，让李安一个人留在黝黯的剪接室里面对自己、整顿自己、放过自己。

没有一个男人身上不曾压过一两桩压根儿说不出口的心事。一个懂得把心事擦在心头上，比如早夭的梦想，比如中年危机，比如三番四次丢失的自己，然后不动声色地与心事同眠共舞的男人，才是一个基本上健全的男人。而每个男人心中，其实都住着一个李安，只是一直逮不到机会将他释放出来而已。即便李安自己，有时候也在想，如

果做人能够做到像玉娇龙那样子该多好，既然得不到，又既然输不起，干脆把自己推下悬崖，宁为玉碎，不为瓦全，表面上看似毁灭，其实是升华——升华了这么多年局促在心里的自己。

  我记得李安某一次主动谈起《卧虎藏龙》，不胜唏嘘地说，电影里头有一句话，其实是说给他自己听的，只不过借了俞秀莲的口，再三叮嘱玉娇龙："你记住，这辈子不管你做什么，都一定要诚实地面对你自己。"于是后来，拍着《色，戒》的李安，不知道为什么，异常地焦虑，时常无端端地有快要窒息的感觉，连说话也开始语无伦次起来，好几次更在拍摄现场濒临崩溃，因此李安决定远赴法罗岛，求见拍摄《第七封印》的瑞典导演英格玛·伯格曼，结果一见面，李安就忍不住大哭，而那位年龄比李安长一大截的导演，只是伸出手把李安揽过来，拍拍李安的肩膀，一句安慰的话也不说，因为他太明白李安的哭，其实在哭什么。

艺术本来就委屈。不是委屈了自己的梦想，就是委屈了自己的人生。我忽然记起一件陈年旧事，旧得，很可能连李安自己也完全记不起来了：他曾经来过吉隆坡。当时金河广场底层的老式戏院还没拆除，《喜宴》恰巧排在那儿上映，而难得获得台湾"中影"电影公司资助奖金终于可以把电影拍成的李安，在姿态上，应该算是"随片宣传"吧，所以整个首映流程，总见到他腼腆地微微笑着，甚至还主动在首映会之后留了下来，专注而谦虚地，一一回应记者们的提问，完全把自己放在一个比新晋演员还要恭顺的位置上——而我特别喜欢那个时候的李安，因为可以在他脸上看见拍打着翅膀的梦想和准备大展拳脚的他自己。

可当时谁会想到李安会是一只老虎呢？现在的李安，已经不再单纯地只是一个导演的名字，而是一种现象、一种效应、一种坚持。但无论大家怎么看，我老觉得他像一位文人雅士，多过像一位世界级的奥斯卡大导演——他太斯文、太温驯了，也太没有侵略性、太没有野心了。尤其是起初透过他柔化的眼神和雅化的肢体语言所释放出来的电影里浓郁的人文气息，总是让大家都一厢情愿地认定，不就只是下一个杨德昌或侯孝贤吗？我们谁也没有看出来，这个电影调子本来很轻、情感却非常饱满温暖的台湾导演，竟勇敢地率先运用了很多人都弄不明白的 3D+4K+120 帧电影新技术，用心良苦地企图把观众拉回电影院里。

作为第一位获得奥斯卡最佳导演奖项的亚洲导演，也是至今唯一两度获得最佳导演奖项的亚洲导演，我们都知道，这些奖项对于李安本身的意义，不过是完成了他自己、圆满了他自己，至于那些轰轰烈烈的掌声，他都侧过身，拱手让给了台湾地区和整个以他为傲的华人社会，因为他要的不是这一些，他要的也断断不会只是这一些。

我记得李安上陈鲁豫的节目，被调侃脸颊上的酒窝很迷人，李安可能是一时情急吧，竟然说成"其实是被狗咬的"，顿时全场一阵哄堂，虽然大家都知道这绝对不可能是真的，怎会这么巧啊？但李安的确在一众导演里头是少数长得文气又好看的一位，他身上很有一种他自己应该也没有察觉到的田园式的恬淡。特别是，我总觉得李安暗地里长了一双挺危险的桃花眼，汪汪润润的，水气很重，虽然眼神很正直，可眼睛老是腼腼腆腆地在笑，而"腼腆"这回事，如果男人藏有心机，其实也可以是一种武器，也可以是一种陷阱。但李安最让人倾倒的魅力是他特别"东方"，有着东方男人特有的深邃和含蓄，这一点其实从他给两个儿子取的名字看得出来：李涵、李淳，都不张扬，都不喧哗，延续了他父亲李昇的脚踏实地，也映照出他整个人诚诚恳恳的精致和悠远。

Wong Kar-Wai

如果有多一张船票

电影最后一句对白，是咪咪露露从香港飞到菲律宾，婀娜着曲线曼妙的身躯，顺手将吊带裙挂到衣架上，然后坐到床沿，半嗲着声音向客栈的门房打探："我听说香港来的人都住在这里，所以我想跟你打听一个人。"——随即音乐响起，前半截的故事明明还没有结束，后半段的主角已经锉好指甲，嘴里叼着一根烟，在神秘而局促的阁楼里半矮着身体套上西装外套，仔细数了数钞票，然后顺手抓起梳子，对着镜子梳头。那一连串的动作，像粼粼的河水一样流过，明净利落，一气呵成，顿时惊醒了我们心里的"阿飞"，纷纷拍打着翅膀，准备簌簌地起飞——虽然大家心里有数，我们其实谁都不够阿飞，我们寻求的是一处安乐落脚的地方，而不是寻求一直不停地不停地孤独地飞。

后来吧，有人问起王家卫，关于他的阿飞情意结，他吐了一口烟，墨镜背后依然是我们看不见的黑，要求访问他的人把问题再问一遍，然后沉默良久，才缓缓地说，《阿飞正传》是他最"personal"的一部戏，几乎整个人陷了进去，疯了一般，成与败都太难说，但他手头上有这么一大票当时得令的明星压在他身上，肯定有得搏——我其实挺惊讶原来王家卫身上有着烈火熊熊的赌徒性格，而且真个要赌，他不会赌马或赌六合彩，他要坐下来赤手空拳地赌廿一点，他要那种把牌抓在自己手里的刺激感，所以后来才会有《2046》里穿着黑色旗袍在澳门赌场出没的职业赌徒巩俐，赌得把自己都给输了出去，而《阿飞正传》，很明显是王家卫赌得最凶的一次。他特别记得拉队到菲律宾拍外景那一趟，时间已经紧紧地掐在脖子上了，一去到现场，才发现那地方跟照片看到的完全是两码子事，根本不是他设想中的样子，而刘德华最多只能停留一天，隔天就要飞回香港赶另一组戏，他慌得墨镜后的眼睛都涨得通红了，不断告诉自己，无论如何一定得拍下去，无论如何一定得拍得好好的，不能让整部电影栽倒在这一场戏里。可又一直说服不了自己把摄影机 roll 下去，一直到晚上，菲律宾那一组 crew 等得不耐烦了，索性打开桌子围坐在一起开饭，突然间杜可风的灯光打下去，一个卅年代的菲律宾风情即刻"啪"的一声爆射开来，一个他自己创造的世界就活生生地出现在眼前，他整个人即刻歇斯底里地跳起来，冲着叫着指挥着演员和场记，也歇斯底里地拍得痛快而淋漓，他到底没有让自己失望，到底完完整整地让戏里因为颓废而神采飞扬的阿飞更加阿飞。

可后来，《阿飞正传》终究拍不成上、下集。冲印房里还有好多好多在菲律宾拍好的片段，没有灰飞，也没有烟灭，都被保存得好好的，那些我们看见和我们看不见的压在仓底声沉影寂的画面，王家卫纵然万般不舍，结果也只能整整齐齐拷贝了一份埋进心里。就好像一生之中，其实谁都逃不过类似的戏码：都有得不到的人，都有够不着的梦想，虽然遗憾，但至少那遗憾是横在心里头的一桩心事，足够让我们往后余生，用自己的方式去牵挂去惦念。正如王家卫说的，总有些事情，因为搁得久了，时间一拉长，将来往回看，就会自动添了些颜色，变得比实在的更浪漫一点，也更美好一些。电影其实也是，所以王家卫才会耿耿于怀，老觉得他第一部当导演的《旺角卡门》拍得太艳丽太光鲜了，如果有机会重拍，他一定会把整部片拍得残旧一点，拍得更俗烂一些。真正的美，是要有一定的时间感，以及一定的"把刹那定格成永恒"的遥远度，王家卫太懂得用视觉语言去说一段原本说不通的故事。

我倒是记得特别深刻，一九九〇年《阿飞正传》在香港大专会堂首映，电影开映在即，监制邓光荣在台上致辞时半开了个玩笑，现在只有七本菲林在手，第八和第九本菲林还在冲印当中，待会儿要是电影中断，恐怕就要请戏里的主角们上台表演娱宾了。而那个时候，其实王家卫真的把自己反锁在剪接室里，一格一格剪接奄奄一息的张国荣在火车滑过湿冷的菲律宾树林时最后的一段对白，"一辈子不会很长，很快就会走到尽头"。王家卫说过，他一定要把戏里面的演员剪得更活一点，演员不够活，就怎么都溜不进观众的心里，让观众跟着他和他的戏，归去来兮，垂垂老去。

偶尔我忍不住在想，躲在墨镜背后的王家卫，根本就是《东邪西毒》里的慕容燕，在撕裂自己的同时，也俯下身来，一片一片将另外一个为不存在的承诺和被背叛的爱情而时空颠倒、精神错乱的慕容嫣拼凑起来，双身一体。爱情是蛊，缘分是咒，不是你愿意你肯你就有资格成为爱情的牺牲者。坐在冰冷的戏院里看王家卫，最令我迟迟不肯站起身来离开的是，《堕落天使》里头的莫文蔚在地铁通道上和李嘉欣擦肩，即刻神经质地转过头来，因为李嘉欣在她身上闻

071

到了黎明出门杀人之前喷的古龙水,给她横过去一记怜悯的目光;以及莫文蔚突然从楼梯上冲下来,抓起黎明的手臂隔着外套狠狠地一口咬下去,然后又哧哧地笑着往回跑,尖叫着对黎明说:"我就是要你记得我。"于是我想起了玫瑰与手枪,想起了承诺与地雷,想起了身体与身体互相噬咬的欲与爱——你可以没有要过我,但至少我咬过你。我喜欢王家卫,是因为他懂得在杜可风摇摇晃晃的镜头底下为爱情放血,血放干净了,青春也就走远了,而我们都已经不懂得举起枪朝自己轰的一声去表达如何爱一个人了。

这也是为什么,我常常觉得,一个让自己的眼睛长时期躲在墨镜背后的男人绝对是危险的。但王家卫,他有时候却出奇地温柔,他可以坐下来,娓娓地将他拍好的故事说上一遍又一遍,简直把故事说得好像睡了整个星期早该送洗的床单那般地服帖而温柔。几乎每一场戏,每一句演员和演员之间互相传递的对白他都记得,把别人的故事重复说成了他自己的故事,这也是为什么梁朝伟老是说:"王家卫真的很会说故事,他会把故事说得如果你不拍你会遗憾一辈子。"但镜头一转,在拍摄期间的王家卫却完全不是那么一回事,菲林是他的草稿,演员也只是他面对观众的媒介,演员从来拿不到剧本也从来不知道角色到最后是怎么一回事。林青霞说,《重庆森林》拍完了,她才恍然大悟,她演的原来是一个杀手,而不是事先说好的一个过气的和黑帮有点过节的女明星。还有《2046》里秀色可餐的木村拓哉,王家卫把他牵到镜头面前,对他说,你在等一个人,木村拓哉很自然地就问,等谁?王家卫皱起眉头不耐烦地说,不知道,没有谁,你就只是在等一个人。结果三番几次,弄得这位集三千宠爱于一身的东洋天之骄子几乎在镜头面前崩溃下来。就连和王家卫最有默契的梁朝伟也对张曼玉说,别理他,我们慢慢拍,慢慢把戏里的角色性格给立体地建立起来就对了,反正那些拍了的也很可能被剪得一刀不剩。

但李安曾经公开称赞过王家卫,说他是个值得被妒忌的导演,他拍摄的手法越是支离破碎,他叙事的技巧越是天马行空,他的那部电影就越是有本事把观众都给带着跟他一起走。而他的电影,几乎每一部都是文青们的半自传,不同的人在看,都有不同的代入感,都可以融入不同的角色,到最后每个人手里都有一张多出来的船票,每个人心里都有一个想问他会不会跟你一起走的人——尤其在年纪特别轻的时候,在爱情面前,你如果不是别人的苏丽珍,就一定是另外一个人的咪咪露露;并且很多时候,我们都没有办法忘记,那个我们多么希望可以和他"不如重头来过"的何宝荣,因为真正锥心的爱,总是在最苦的时候最甘甜。而我们谁都必须承认,王家卫最让人揪心的,是他将电影里大量的对白转换成独白,用封闭式的自言自语,表现出角色的自我耽溺,并且总会出其不意地让我们在他的电影里,和久别重逢的自己相遇。

当然我们知道,王家卫不是陈凯歌,他没有所谓的国际大导演包袱,就好比坎城影展上遇到电影媒体发问,导演你最近在忙些什么或导演你有什么是正在进行着的,陈凯歌一定会一脸严肃地压低声线说，正在筹备一部题材壮烈的电影，但王家卫只会笑笑拍拍记者们的肩膀走开去。他不是习惯了不动声色，他只是习惯了不动声色地掀起惊涛拍岸。就连性子刚烈如巩俐，暗地里其实也对王家卫折服，因为她知道，她可以一次又一次地在张艺谋的电影里将演员的天分发挥得淋漓尽致，但她只有在王家卫的电影里才会像真正的明星那样光芒四射——王家卫说过，他不是侯孝贤，侯孝贤的电影可以完全不用明星而同样打动人心，但他不行，他习惯把大家都熟悉的大明星全抓进他的戏里来，然后在片场大声对刘德华嚷嚷，你可不可以不要老像刘德华那样走路？他习惯了用他自己的直觉，丢掉大明星们平时在银幕上卖弄的所谓个人特色。我记得郑裕玲好像说过，王家卫是绝对不会找上她的，一是因为她的演员特质掩盖了她的明星气质；二是她不够漂亮，王家卫要的卡士，要有那种一站到镜头面前，就连金马奖最佳美术指导张叔平设计的场景也要被压下去的艳光和俊色。最重要的一点，王家卫不喜欢他的演员太会"演"，他要把演员们折磨得几近心力交瘁，意志上已经半瘫痪半放弃了，他才会站起来按了按摄影师的肩膀说，暂时就拍到这里吧，然后夹着他的墨镜，穿着他十年如一日的牛仔裤与白衬衫，缓缓朝灯光渐渐熄灭下来的出口走出去。其实一直没有人告诉他，他的白衬衫靠近腋下的部分，已经破了好大好大一个洞。

林青霞

Brigitte Lin

霞光溢彩，美丽就是一种演技

青霞真嗲。她的嗲，总是柔中带媚，总是以退为进，连在演员面前出了名"黑面判官"的王家卫也举起手投降。而她最后一部电影恰巧是王家卫导演的《重庆森林》，王家卫要她架起墨镜、穿上风衣，然后戴顶金黄色的假发，不停地穿着莫罗·伯拉尼克（Manolo Blahnik）的白色高跟鞋在街道上奔跑，背后则响起一长串印度风浓烈的雷鬼音乐，跑了几天，脚底全起了泡，于是她嘟起嘴向导演撒娇："可不可以穿着球鞋跑？反正镜头也带不到。"王家卫一时心软，答应了，结果镜头一出来，张叔平第一个皱起眉头，把青霞叫过来，给她看倒带，冷着脸说："你自己看，穿球鞋跑和穿高跟鞋跑，感觉怎么会一样？"于是青霞不发一言，自动把球鞋脱下，换上高跟鞋继续在一大群浑身烟味、咖喱味和羊膻体味的男人面前拔枪、抽烟、奔跑——那些王家卫找来的临时演员又怎么会知道，这个在他们面前美艳得让人不敢逼视的女子，其实正在为她拍了百余部电影之后，最后一次在银幕上展现的巨星风范，圈上一个最专业的句号？

而娱乐圈子里，青霞真正掏心深交的不多，张叔平是其一，青霞对他，除了知心，更多的是信任，比如张叔平知道青霞的衣着品味一向起伏不定、时好时坏，常常有太多的玉女包袱，也常常有太多的犹豫不决。他第一次和青霞合作，是在美国拍谭家明导演的《爱杀》，见了青霞，惊艳多少是被惊艳了，但也没有特别地奉承，一开口就是要青霞把长发剪短，齐肩就好，然后递给青霞一支血红色的口红,搁下一句:"戏里不准戴胸罩。"青霞听了,先是一愣,却一点也没有抗拒,倒觉得又刺激又好玩,她只是好奇:"这样子的林青霞,会不会把观众吓坏了?"结果一部《爱杀》,颠覆了大家对林青霞的既定印象,原来林青霞的纯情是骗人的,她其实有一张可以很张狂也可以很冶艳的脸,邪气得很。是张叔平让林青霞攀上了美丽的险峰,也是张叔平把林青霞从琼瑶的"三厅式"爱情故事里拯救出来,将林青霞从一朵孤芳自赏的百合打造成一朵盛气凌人的玫瑰,也让林青霞的美丽,在一定的意义上,修订了大家普遍上对美丽的通用词汇——出神入化,浓淡皆宜。即便是后来吧,青霞已经六十岁了,偶尔在公开场合亮相,那烟花般的艳灿还在,一眼望去,婉约中不失刚愎,谦顺里不减风华,已经把美丽活成她的本命,眼里泛起一片又一片的湖光山色,无处不是昔日让人神魂颠倒的倾城风景。我尤其念念不忘的是,《爱杀》有一幕是林青霞穿着血红色的连身薄裙走过街头一大幅靛蓝色的墙壁,忽然张叔平要她在墙壁面前顿了一顿,在风扬起裙角和发丝的当儿,轻轻地转过头来——而那画面的颜色冲击,宛如雷电交加,分明是张叔平有意为林青霞留下的一幅经典景象,势必要让大家目瞪口呆地记住她的美丽,犹如大唐盛世最艳丽的一抹胭脂。随后香港的《号外》杂志一见,当下把这张剧照直接拿来当作封面,向林青霞比夕阳还绚烂,并且漫天都是彩霞的美丽致敬。

虽然我还是必须坦白,在写林青霞之前,我其实更想写的是张艾嘉——乍听之下,这似乎有欠礼数,可我虽也被青霞的美貌震撼,她在《窗外》的惊鸿一瞥,几乎一出道就攀巅峰,正如亦舒在香港的半岛酒店见了周天娜之后,惊艳得下巴几乎掉下来,然后按着心口呼一口气:"还好我们有林青霞。"但我也喜欢常被拿来和林青霞比较的张艾嘉,张艾嘉的"活",让她整个人生的起承转合,有如一道从瀑布奔泻而下、另辟支线的溪流,惊险而澎湃,强悍而激烈,随后渐渐潜入深沉的潺流,一直一直,到现在都还在细细地流;因此一对照之下,林青霞的"灵",则"灵"在她是少见的人间绝色,那是一种既定的条件,也是一种命定的收成,她甚至只需要微微昂起丘陵般倨傲的下巴,连一句对白也不说,整个时代就因此风起云涌,把她不费吹毫之力、始终不败的美丽,记入港台电影的史记——的确,林青霞在镜头前面随意晃动的灵气,或笑或颦,或盛放或憔悴,本身就是一种演技,就是一项成就,就是一座不需要评审加持也可以不劳而获的奖项。而林青霞这一生唯一的不完美,我老觉得,兴许就是不完美在她的一切都太顺遂:从美丽,到名成,到利就,甚至到婚姻,都太水到渠成,也都太顺理成章,少了迂回与转折。就好像有人在董桥面前提起林青霞写的文章,文思流畅是流畅了,文笔亮堂也够亮堂了,偏偏就是少了三分沧桑和七分人世的磨炼,董桥听了,随后在自家专栏上做出反应,如果文章非要经过命运鞭笞才可流芳百世,那他宁劝林青霞把笔挂起来不要再写文章——更何况,不是每个人都是林青霞,

而林青霞本身一直都是一本摊开来的传记，她的过去和她的过不去，大家多少都心里有数。疼她的人其实也知道，有些滚滚红尘的"旧事"和恋恋不忘的"梦中人"，别人可以写，她不可以写，因为她是林青霞，"林青霞"三个字，永远都是一个包袱，于是我们都应当体恤，她的华丽多少有点沧桑，她的清贵难免带点颓废。而林青霞自己也知道，她初登银幕走红之后，基本上，她的私生活就不会再有拉上帘幕的时候，所以她的美丽，偶尔会流露出一种身不由己的委屈。而只有真正被美丽困扰过的人才知道，美丽其实是一种负担，只是这么样风光旖旎的负担，我们俗人都没有办法理解，也都没有办法揣测，只有青霞自己明白个中的千滋百味，是如何的点点滴滴在心头。

但是在排场上，林青霞到底是巨星，是整个七十到九十年代的港台第一美人。她偶尔脾性骄纵，其实也是绝对的情有可原，比如林青霞每次坐进化妆室试造型，没有人知道她当天的心情如何，大家都战战兢兢，都步步为营。有一次她为《东邪西毒》定妆，因为演员太多现场太嘈，制片担心林青霞会不会脸色一沉，可当天林青霞心情出奇地好，笑容满面地坐下来梳头，因为她那天出门出得早，先到商场转了一圈，看中一件心头好，二话不说就买下来给自己当礼物，大家都好奇是什么，她笑脸盈盈地从手袋里拎出来戴到耳上，原来是价值近半百万的布契拉提（Buccellati）耳环，把当时的张曼玉给完全唬住了。而且当天试造型，张曼玉拿着张叔平派给她的披披搭搭的戏服，忍不住嚷嚷"穿这样的衣服，我怕我根本连动都动不了"，随即又侧起头自言自语，那青霞呢？青霞穿什么？单是这就看得出来，林青霞的高不可攀的地位，一直都是众女明星们向往的境界，尤其是张曼玉，她第一次和林青霞合作，拍的正是成龙的《警察故事》，很多动作场面都亲身上阵，结果就真的不小心撞伤了头，当时林青霞还特别向剧组请假去探望，并且还训了张曼玉一顿，怎么可以这么逞强，怎么这么不爱惜自己？张曼玉听了，凄然一笑："青霞，我不是你，没有你的美丽，而且我是新人，所以一定要特别拼搏才行。"可见女明星们的终极梦想，要不就找个豪门嫁进去，要不就打醒精神，成为第二个林青霞。

　　我尤其记得张艾嘉谈起同期的女明星，她不止一次感叹自己的姿色浅淡，常常在片场看上去，老像个幕后工作人员多过像一个女明星，她甚至都在说："我每次见到林青霞都很兴奋，一直对身边的人说，快来看快来看，林青霞欸，大明星欸。"而落在小时候见过林黛的张艾嘉眼里，一定要艳光四射兼风华绝代如林青霞，才有这个架势，才担当得起"明星"这个称号。而我一直觉得，林青霞的气派和艳光，到今天依然没有办法不被惊叹，也依然没有办法被谁取代——即便是后来，台湾地区出了个林志玲，大陆也有个范冰冰，但她们的美跟林青霞的美，在气魄上显然还是有很大一段距离。林青霞的美，记录的是一整个时代，锋芒逼人，绝对可以让每一个见过她的人，暂时把所有的"客观性"和"兼容性"完全置之不理，并且把"林青霞"三个字，从名词提升为形容词，自创一种全新的审美语言：纯情有时，冷艳有时；英气有时，柔婉有时；为所谓"不可一世"的美丽，做出最锋利的示范，完成最华丽的传奇。

因此谁敢说不是呢？如果整个七八十年代狠狠刮起的"台湾文艺片"风潮，没有林青霞，没有林青霞的纯情和林青霞的灵气，一定会显得更加孱弱，更加苍白。那时候的林青霞，才二十出头，那么瘦的胳膊，那么浓的眉毛，那么精致的、随时可以让男主角用手指兜起来的下巴——我常觉得，林青霞的下巴真像一间屋子的玄关，而一间屋子最有灵气的地方，除了露台，就是玄关，暗暗藏着她心底幽幽的转折，神秘而迂回，是上帝特别送给她的一记神来之笔，精妙地雕刻出她的独特和传奇。可见上天对林青霞，也未免太过体贴、太过周到，把一个美人所应该有的，都一并推给了她。青霞之美，曾经是台湾最生动的标语，甚至也是台湾一张可以到处给其他地区的朋友寄去的体面的明信片，是台湾最美丽也最明媚的一幅风景，她的气质和美貌，满满都映照着那个时代羞涩的摩登、忠厚的文化，以及淳朴的人情。而我认识的台湾女人，很多都出色、都温润，终究是有着不一样的文艺底蕴，她们说起话或叙起事来，遣词用字，流畅而和暖，简直就是一则又一则不需要润笔就婉约优美的散文。而这么些年，青霞的美丽，自顾自地伸展开去，就像小说里的人物，开始有了自己的生命，开始喧宾夺主，开始主导她的人生走向，美得波澜壮阔，美得霞光溢彩，美得每一个步伐和每一个句子都是密密麻麻的惊叹号——还好我们有林青霞，还好，林青霞始终没有辜负她得天独厚的美丽。

罗大佑

Lo Ta-yu

观音山下散步的音乐教父

演唱会才刚开始,写剧本的香港网友传来的一小则简讯,却娴熟得像只鸽子,径自飞进会场,悠悠然停落在我不断伸向半空摇摆的手机上,并且还清脆地啁啾了那么一声——而当时罗大佑近在咫尺,我甚至不需要仰起头,就能看见他意外地娟秀和白皙的手指,正痛快淋漓地在吉他上来回拨动,那么专注地呐喊着他曾经摇滚过整个八十年代的"之乎者也"。

网友要求说,方便的话,就把台上的罗大佑传过去给她看看吧,因为罗大佑是少数华人歌手里头她舍不得去现场的那一位了,我于是随手给她录了一小段罗大佑被舞台上的灯光来回鞭笞,同时台上唱的和台下听的,似乎都狠狠地被刺破了回忆的羊水的视频。而网友是个耳目特别清明的女子,看了之后很满意地搁下一句:"很好,还是有着青衫落拓。"

说得多好啊,"青衫落拓",可见罗大佑并没有让他曾经山洪般暴发的摇滚气魄,沦落成后来必须让人忍不住别过头去的流氓气息——情歌耐老,但摇滚总会过时,当年扛着一大箩筐淳朴的理想离家出走的年轻人,走着走着,很可能一不小心就把自己走失成一个被时间草草打发掉的油腔滑调的中年人,然后梦想烧焦了,然后勇气耗尽了,最终就像一辆落了单在沙漠上抛锚的卡车,不断地喷着黑烟喘着气。

于是我忽然电光石火地想起许知远曾经形容过,成长于七十和八十年代的台湾青年，绝对是意识最清醒的一代人，他们一心要探究自己命运的由来，也一心想揭开台湾的过去和将来。而那个时候的台湾青年，很明显的罗大佑也包括在内，他们几乎都被一种摸不清的使命感压迫着，并且在感受压迫的同时，也被莫名地激励着，时时刻刻，为了自由地表达自己而兴奋地奋斗，觉得未来还有太多太多可以被圆满的可能排着队等着到来——

然后我坐了下来，后面跟着一组的摄录团队，我面对面见到了罗大佑。实际上我们不也就只有一个罗大佑吗？他说话的神气，他用字的诚恳，他停顿的善意，都在在让我感觉到他在理想和抱负的野地上游牧了好长好长一段时日之后，所收割回来的，其实已经不再是对身份认同的纠缠不清，而是终于将自己和寻常又亲善的生活轨道给衔接上来，并且卸下使命感特重的担子之后的清爽舒心。于是霎时之间，我难免五味杂陈起来——昔日在风中哭泣的那个亚细亚的孤儿，他所有的自我压迫原来已全然消散，刻下正气色清润地在我面前侃侃谈起他如何给自己下半场的人生绘了好几张草图，而其中野心最大的那一幅，是罗大佑以一根试管培育出了一个新生命，他那六岁半的女儿，正好用来补偿他过往过分强烈的自我消耗，然后再利用"家"的必然归属性，蛮横地将他心里的那一匹野马按捺下来。

摇滚是癖，戒不掉的癖。所以罗大佑说，他依然生机勃勃地推动着台湾音乐的传承和流通，依然热血满满地希望可以在台湾华山文创园区的 Legacy Taipei 音乐展演空间，帮一把那些立志在海啸般险峻并且随时可以覆没又随时可以创建的网络平台上，等待被发掘和期待成为下一个罗大佑的年轻音乐人，跟着他的步伐，借歌还魂，延续他一直都没有放弃在音乐的流行性当中辐射时代性的个人使命。

可罗大佑毕竟六十好几了。六十好几的男人，普遍上，要不是被岁月驯服了，就是被天命收买了。而穿上新百伦球鞋和丹宁衬衫的罗大佑，无论是体力和魄力，虽然一直都很努力地不露出半点破绽，成功把状态稳定在四十上下的巅峰，可是和他坐下来做访问，在句子的架构和思想的逻辑上，我很快就发现：罗大佑温柔了，罗大佑宽容了，罗大佑慈祥了——而这其实在某种程度上是足以将我整个人粉碎的。他通过音乐发出的批判性的嘶吼蒸发了，还有他身上流窜的摇滚热血已经不再那么滚烫了，看上去就像前一夜泡好的马齿苋，温温的，可以一口灌下，"调气宁神平肝火"。

并且访问一开始，罗大佑就提到了观音山，说他在外面漂泊了很长的一段时间，决定从北京回到台湾之后，他写了一首歌，就叫作《致观音山》，而观音山靠近淡水河，不特别高，丘陵一样的山，很靠近他小时候住的家，那时候每天早上打开门，从家里望出去，就可以见到观

音山。然后几近六十年的时间泓泓汩汩地流过去，罗大佑回到了台湾，但落脚的不是鹿港，也不是妈祖庙后面的小杂货店，而是遥遥面对着观音山的家乡，虽然现在观音山的景致已经被发展快速的建筑物和高楼大厦给遮盖了，"可那座山其实还是和六十年前一样，这个世界上，只有大自然是不会轻易被改变的"，完完整整递给了罗大佑一种人和大自然在一起，以及人和土地最终还是会连接在一起的美好感悟，并且让罗大佑领会到，人生

啊，再怎么逃都还是逃不过图一个圆，至于"家"，则是流离颠簸之后，最稳固的一座混凝土结构的防空洞——而那当儿，几乎是立刻，我就把专访稿子的题名在脑子里标出来了："观音山下散步的音乐教父"。奇怪的是，访问罗大佑的时候，在他提到观音山之前，我已经片段式地，不断在脑海反复切入电影《观音山》临结束的那一幕：张艾嘉头也不回，毫无预警地将自己隐入观音山里，因为电影里她生命中的信仰崩塌了，在决定重建之前，她必须以一个丧子的中年女人的身世，神经质地自省如何去重新掌握体验情感的基础。

至于罗大佑，我同时被触动的，其实还有他为《家Ⅲ》拍摄的专辑封面，照片里头的他，领着女儿走在前头，妻子走在后面，一起在宜兰特别温煦的阳光底下，到一个看得见稻田的小小乡镇散步。虽然照片里的人物并没有太多矫情的对望，甚至照片上的乡土色泽也感应不到摄影师在拍摄概念上企图威胁大家对时光之类的命题做更深一层思考的动机，可不知道为什么，我紧紧盯着那组照片，那些七零八落的感触，不但没有办法马上被封固，反而倒泻得满地都是——可能是我心底老觉得罗大佑这一趟远道而来，基本上是特地为我们主持一场正式和青春告别的仪式。而因为罗大佑，我在演唱会场上见到了多难得才碰上一次面的老同学，以及许许多多曾经在不同的地方和我一起在罗大佑嘶吼和呐喊的歌声里烫伤我们自己青春的友伴。我特别想说的是,整场演唱会上,我表现得异常雀跃,但心底比谁都明白,岁月穿过了彼此的黑发,浪影淹没掉喧闹的红尘,虽然那些久违的眉眼,依旧亲善若水,但我们无非想趁这一个夜晚,一首一首向罗大佑要回来的,其实是那些我们原本以为一哄而散,但终究阴魂不散的青春。

我比较关心的是,罗大佑是个通灵的音乐人,可以一眼看透我们这一代人曲折迂回的命盘,而相隔这么许多年,我一度担心《昨日遗书》不会再有续篇,罗大佑会渐渐丢失或废弃他用文字述说的技能,但他一边用手在半空中比画流畅书写的动作,一边回应说:"我是一个喜欢写字的人,现在年轻人的字都是靠'打'的,但我喜欢'写',我们老祖宗发明文字就是要我们用手把这个动作一直延续下去啊。"至于《昨日遗书》的续篇,大概已经书写了百分之二十左右吧,现在他最大的困难是给书找一个大主题,并且书名必须得先跳出来,那么才可以流畅地一路奔跑下去——当然,新书出来的时候,罗大佑和我们的昨日都已经成为过去,而"遗书"到最终,很可能已经变成了新生的宣言。而这其实不是坏事,往深一层想,人生的过程不就像一条往前翻腾的大江吗?一旦水位升高,江面就会变宽,而奔流的速度自然就会缓慢下来,但那些曾经黏附在我们身上的黏答答的际遇上的泥浆和沙土,同时也将慢慢沉浸到江底。时光会老,老了的时光除了会自作主张地磨平我们的棱角，也会热心地替我们清洗掉年少时在泥浆上打滚所沾染的污垢，就好像罗大佑其实一早就洞悉，爱情这东西他明白，但永远却什么都不是，什么都不是。

朴树

Pu Shu

那就种棵生如夏花的朴树吧

朴树一稍微紧张起来，说话就有点小结巴，老是卡在某个关键词里，必须在口腔里把那个字儿重复发动好几次，最终才可以把句子通顺地犁过去。而朴树不是个能言善道的人这点我知道，我不知道的是，当看着他那么努力地在镜头前面表达他自己，那么努力地上电视综艺节目赚钱拍MV，那么努力地让自己被周围的人"看见"而不是"发现"，竟会让我禁不住别过头去，叹了一口气，有点心疼我们现在这么一个动不动就发动网络上的千军万马将看不过眼的谁谁谁践踏过去的世界，无非让这个屠弱的、连忧郁也忧郁得文质彬彬的男人受了委屈。

可见我是偏爱朴树的。那种爱，远远在汪峰的重金属呐喊之前，也略略在李健的儒雅诗情之上——尤其是，我有一双农民的耳朵，朴树的歌不迂回不曲折，单就歌词来说，是一种温和的叙述的革命，是极少数可以用一首歌词漫漶开来的意象，狠狠地朝我迎面痛击，让我听了之后，先是愣了一愣，然后那种被人一眼拆穿的不安和慌张立刻冒了上来，以致必须在人来人往的北京机场昂起头加快脚步，像一只不小心掉出鱼缸的金鱼，一路不断地鼓起腮一张一合地呼气，以免失控的眼泪滚落满地。

我喜欢朴树的歌，是因为他歌词里连悲伤，也悲伤得窗明几净，每一次听到他写的《生如夏花》《那些花儿》，即便摇滚急躁如《中国好声音》的毕夏，沧桑无奈如《芳华》不再的冯小刚，我终究觉得都是好的，因为朴树的歌里头最容易一针刺中人心的，是歌词背后的情绪，交给谁来唱，差别其实都不大。虽然我最眷念的，还是朴树歌声里战战兢兢的沧桑和脆弱,让人很想靠过去,把他的头按在自己的肩膀上——我记得我甚至可以着了魔一般,脑海里晃着他唱的"此生多寒凉,此身越重洋",从吉隆坡一路飞到苏黎世,再从苏黎世一起过境到法国。朴树的歌,你要是跟他同样有那么一点点不想对谁说的过去,自然就会听得明白,里头其实有着他努力克制的忧伤,以及忧伤背后怎么都不肯让别人钻进来帮上一把的牛一般的固执与倔强。

这是真的,朴树个性上本来就是个不喜欢叨扰别人的人,因此就连他年轻时的忧伤,也是彬彬有礼的忧伤;就连他音乐道路上的失落,也是落落大方的失落——生在由高级知识分子组成的家庭里,因为父母两个都是颇有点分量的北京大学的讲师,爸爸学的是空间物理,常在小时候告诉朴树和他哥哥,自然科学有多么伟大,也对他们哥儿俩的将来寄予莫大的期望。结果哥哥率先让父母失望了,紧接着朴树因为特别爱音乐和创作,又把原本考上北京师范大学英语系的似锦前程给覆手典当了,不念英国文学,也不子承父业当个工程师什么的。所以他搞音乐的过程,显然比别人多了一份"一定不能丢父母亲面子"的压力,即便他抑郁症发作的那几年,他从来都不让父母知道他几乎想把自己都放弃的痛苦是怎么个扛过来的,他总是硬撑着当自己还是人模人样的时候赶快回家给父母亲看看去。

但再怎么说,连朴树自己也承认,他这个人特别走运。最初的时候,他经朋友介绍,把写好的歌曲卖给高晓松,然后高晓松一听,就当机立断要求见面,并坚决要把他介绍给唱片公司，甚至主张第一张专辑非要把张亚东找来给他搞制作不可。所以朴树从出道到出名，根本没有不顺遂这回事。他虽然只出过三张专辑，但全中国没听过他的歌的人是很少的，而且身边的人都特别疼他，爱听他唱歌的粉丝们更都是奋不顾身地护着他，只要他肯专心地坐下来写歌就是了——甚至他后来生病了躲起来，患上抑郁症，销声匿迹了好些年，大家虽然都好奇都忧心他到底到哪儿去了，但都尽量不过分声张，以免吓着了他和他的音乐，然后他从此都不回来了，因此都答应让他安安静静地养病，也都答应让他悄悄地扭开音乐的后门溜出去，只要他肯回来，那些漫长的等待也都不算是个事儿。因为喜欢朴树的人，文气比较重，也比较懂得尊重，知道该怎么样让出空间和距离给自己喜欢的人。

后来朴树回来了。回来之后的朴树，我发觉他手腕上一直戴着个运动护腕，有时候是红色，有时候是蓝色，但更多时候是白色。起初我以为是整体造型的一环，因为录影师难免会趁朴树抱着吉他演唱的当儿把镜头推前去，给他来回弹拨吉他的手势一个特写；但我留意到那护腕出现在镜头前面的次数越来越多，连他没事儿和乐队团员拼啤酒瞎打屁的时候也不断地出现，我开始很难忍得住不怀疑，那护腕下面，会不会是藏着朴树那一阵子走不出来的时候，曾经在手腕上企图毁灭和伤害自己的证据，还是真的只是不想他的手腕在弹拨吉他的时候受伤而已——我纯粹是反射性地猜测，而我更加希望我的猜测是过虑的、多余的、不必要的。但连陈鲁豫也直接问过他："在你最难熬的日子，你有没有想过放弃

生命?"朴树看着陈鲁豫,一边抠着手指,一边诚实地回答"有",而且不止一次。因此到现在,常常,我看得出来朴树连在镜头前面接受访问的时候,他的心还是很拥挤的,有太多太多的事和太多太多的人,还有太多太多的音乐和太多太多的旋律都堵到了一块儿,没有办法即时疏通开来。但朴树基本上不是太复杂的一个人,你只要让他把他要做的音乐做对了,他就会像孩子似的,欢天喜地地去闹去玩去了。是,朴树养了一只他特别疼爱的老狗叫"象",他大部分的音乐背后的温柔都给了这一只年龄相等于人类七十多岁的"象",如果音乐是大象,至少朴树的大象还可以悠然地在森林里散步,并没有绝望地在冷漠的人潮里被逼席地而坐,被逼锁着铁链子跳舞,这倒还是值得庆幸的。

有时候半夜的天空也会有彩虹

依稀记得初初认识朴树，有好长的一阵子，每天早上醒来第一个在脑海中滑过的句子，几乎都是朴树的歌词，那感觉就好像一艘蚱蜢也似的小舟，在心头静静地滑过、滑过、滑过——那词其实也不怎么叨扰人，只是它滑过的地方，很明显地展示了海水在心里摇晃的波纹。而真正让我心折的是，朴树的歌词有一种接近向上帝告白的虔诚感，不但诚恳，而且素净，犹如一个策马奔走江湖的少年，很多年后再回来，风尘仆仆的只是岁月，他脸上的线条依然柔和，眼神还是如鹿一般笃定，没有猜疑，只有信任。

因此每次看到回来之后的朴树，勉为其难地出现在一些素质实在不怎么样的电视节目上，并且尴尬地笑着调侃自己"这是我的工作，而且我总得要吃饭呀"的时候，就特别地觉得朴树真的好瘦好瘦，而且他的瘦，很明显是那种带点厌世的、不屑红尘的、动不动就转过身背对全世界的那一种瘦，瘦得就连两边脸颊子都微微凹陷了下去。可这样子的瘦，就快瘦成了一束光，在电视上出现的时候却出奇地时尚，完全就是典型的"摇滚瘦"，最适合穿上艾迪·斯理曼还留在迪奥·桀骜（Dior Homme）的时候，专门给那些暗黑又纤细的街头少年们设计的男装——并且我一直觉得朴树脸上那掩盖不住的天生的忧郁，把他成就为一个特别容易和时尚打交道的人，只要丢掉那些让灵气根本透不过气来的绅士正装，把街头风和颓废感混搭到朴树身上，其实他都可以不费吹毫之力地穿出独门独户的造型感。

并且我到后来才知道，朴树的太太吴晓敏虽是一名演员，但现在的身份则是在北京和上海都小有名望的时尚人，

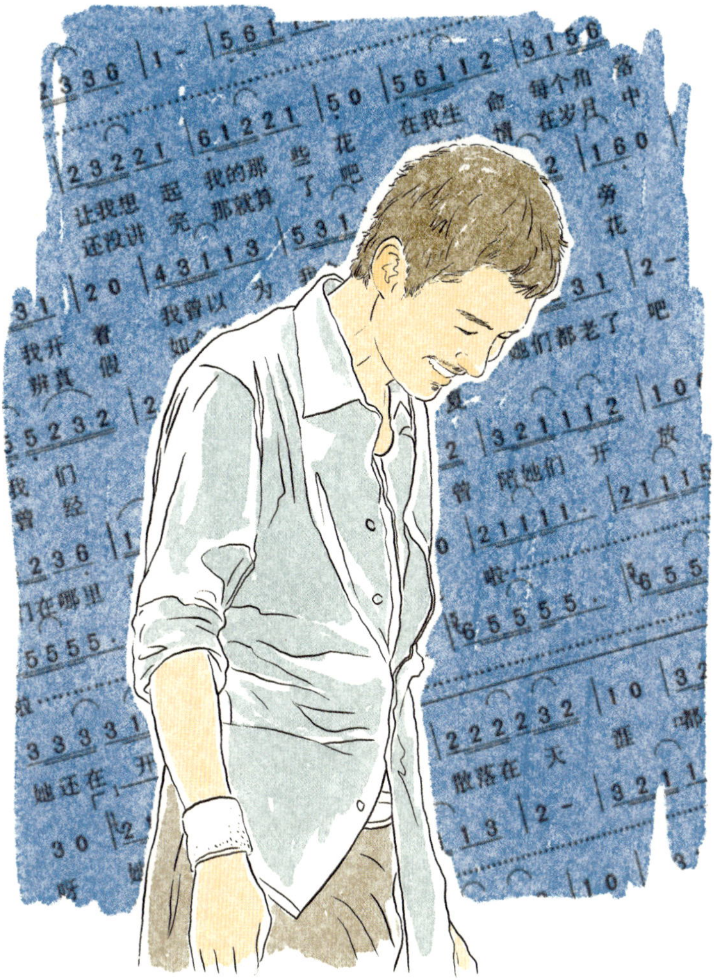
在我生 命 每个角 落
让我想 起 我的那 些 花
还没讲 完 那就算 了 吧
我曾以 为
她们都老了 吧
陪她们 开 放
散落在 天 涯

以及朴树的专属造型师,所以她自然比谁都清楚朴树适合穿什么不适合穿什么,也比谁都拿捏得当应该给朴树穿什么不应该给朴树穿什么——我特别欣赏她在造型上当机立断地调低朴树在舞台上的摇滚味儿,给朴树戴上各种款式的冷帽,并且把音乐漫游者的颓废和逍遥,按照分配好的剂量,以看似漫不经意的手法,精准地注入朴树的造型里头。她也十分警戒地把舞台上的朴树和汪峰的重金属摇滚以及李健的绅士派诗人,拉开一定的距离,即便是最随兴的小型音乐会,她还是以她千锤百炼的造型功力,为身型单薄的朴树披搭两件色系相融的圆领衫,然后再以军绿色的绅士帽,或鲜红色的冷帽,加强造型上的立体感,让朴树在舞台上完完全全自成一格,不俗也不呛,谁也抄袭不了他猎户星座的风格。

　　而关于爱情,特别是朴树的爱情,我很难告诉你我不好奇,我只是偶尔会想,一个像他那么样际遇犹如风里的芦苇般起伏呼啸的男人,爱情于他,莫过于浮云聚散,也莫过于和一个人赶过了一段路,都只是经历,都只是一晃而过的美丽,更都只是配合歌词的场地设定,永远不知道什么时候是结局。我只知道,朴树念大学的时候有个要好的女朋友,他形容那时候的生活是舒心惬意的,以为将来永远都不会到来。而后来他踏入演艺圈子,与周迅走到了一块儿,也同样有过一段特别快乐的时光,但那样子的感情在那样子的一个圈子里,从发酵到彼此把彼此甩掉,那爱的成分和名分,终究不是像朴树写的《白桦林》那样的铺天盖地、那样的刻骨铭心,顶多只是好像朴树唱的,一个断肠人在柳巷拾到的一支烟花——再烫手的烟花,眨个眼就冷了。

但我一直都相信，时间总有办法让一切水落石出，包括分解真正的爱情里头，到底谁还在爱谁多一些。我特别、特别喜欢周迅的"爷们"个性和脾气，明明她和朴树都分开了，却碰巧她结婚那天，碰上朴树相隔多年重新出发，发了一首单曲，周公子二话不说，把自己的婚事按下，倒先在自己的微信上为朴树打起歌来。这样的爱，就算被拆开了，阳光照射下来，也还是光洁而美好的，大家在情感上也许因为某些什么因素而靠不到一块儿，但彼此都在心里面给对方腾出一个位置，这感觉特别好，也特别不会让人们对爱情因此而动不动就"十年怕井绳"。

　　另外，我很喜欢看朴树抽烟的样子，他总是习惯性地用三根手指抓住香烟往嘴巴里凑，而朴树的手指长得特别长，纤瘦而敏感，会说话似的，而他每一次接受电视台访问都毫不忌讳地在镜头面前，睁着大大的鹿一样无辜的眼神，烟不离手。没想到周迅也一样，她也特别迷恋朴树抽烟的样子，甚至十分坦白地在分了手之后，还挂个电话和前任男友贾宏声说："你知道吗，你不单长得像朴树，连抽烟的样子也像。"而贾宏声之所以和周迅分手，据说是他窝在家里打开电视，就真的那么巧，看见朴树穿着自己送给周迅的外套，出现在电视台的颁奖典礼，导致他和周迅的感情实在不得不来到务必要了断的地步。

至于我，我常在想，像我这么一个不热衷于追星的人，虽然喜欢朴树的歌，喜欢他歌词里渐渐浮上来的哀乐中年，喜欢他眼神里鹿一样的惊慌和纯真，但如果你真把朴树带到我面前，我反而会不太愿意。我甚至设想过了，如果真有机会碰见朴树，那场景应该是设在他录音室的后巷，他溜出来想一个人静静地抽根烟，一贯的道骨仙风，一贯的眼眶泪水汪汪地欲说还休。而我会站在离他不远的后方，尽量不惊扰他微微颤抖的手指和他抓在手里的香烟，动也不动地让他在十步之遥的前方等他抽完那一根烟，只要他抽过的心事重重的二手烟轻轻地飘移过来，而我依依不舍吸上几口也就足够了。你必须相信，我的自制能力特别强，甚至连和朴树交换一个友善的眼神也是可以被压抑下来的。我倒是一直没有忘记，朴树说过，摇滚巨星很多，但他唱的是民谣摇滚，和重金属摇滚是不同的，所以我特别觉得他值得不被惊扰的尊重。而且朴树一直强调，他不怕老，他只是害怕失去勇气，怕有一天北京郊外的窗外积雪盈尺，而朴树突然发觉，他和音乐已经没有了瓜葛，也没有了任何值得重提的关系。但我却因为心里种了一棵朴树，即使岁月渐渐冷清心境渐渐幽窄，但有时，半夜的天空也还是会有彩虹。

大卫·鲍伊

David Bowie

在星球上游荡的双色妖瞳

其实我谁也没有告诉。我梦见过鲍伊。我梦见鲍伊在中央艺术坊后巷的防火楼顶上唱歌。我记得特别清楚,梦境里头的我还非常非常年轻,和朋友们穿着奇装异服,呼啸着从酒吧里出来,那酒吧有个很雄性的名字,就叫作"牛头",而我在梦里大概是喝高了,竟因为一个简陋的笑话而狂笑不已,并且一路拖拉着叮当作响的青春,一路穿过天色即将破晓的闹市,然后我猛地抬起头,就看见了鲍伊,鲍伊一个人,穿着一套铁锈色西装,并且小心翼翼地打上一个蝴蝶翅膀般脆弱的粉紫色领结,安静地坐在一条藏在后巷里的防火楼梯上唱歌,他那一对著名的两只不同颜色的眼珠,正睁得大大的,里面满满都是海水汐涨的忧愁,我顿时张大了嘴巴,还没来得及惊讶地叫出声,梦就醒了——

梦醒了。隔了好多好多年之后,鲍伊也走了。鲍伊走了,但不知怎么的,我始终觉得鲍伊的传奇其实才真正开始——我一直天花乱坠地遐想,狡猾如鲍伊,他绝对会给自己先换过一张造型截然不同的冷峻脸孔,然后再植入一枚可以将自己一分为二,在人世间任何一个角落恣意显现或率性隐没的晶片:神秘有时,诡异有时,继续游荡人间亦有时。就好像卡夫卡的遗作《城堡》被推出的时候,小说结尾的那几行突然在一页稿纸的中间被中断,甚至他最后一本稿纸还留有几张空白页,很明显地意味着,他根本还没有妥当地安排好主角最后的去处,而且在那几处被删掉的段落当中,很可能才是主角本身同意的处理结局的方式——生命本来就是一件悬案，只是我们到头来谁也没有办法给自己找到一个合理的答案。

尤其是，说不出为什么，我老觉得大卫·鲍伊跟卡夫卡之间，应该潜伏着连他们自己也解释不清楚的勾结，而鲍伊，他根本就是从卡夫卡虚构的小说里头蹿出来，最旁若无人地活出自己的一整座水晶宫的主人翁——他只是玩得累了、玩得厌了，想回到他所属于的星球去了。就好像每个来自另外一个星球的旅客，地球纵观其实也不外如是，没有什么特别的好，亦没有什么特别的值得再把时间消耗，除了爱情——爱情是唯一没有办法在其他星球茁壮生长的花果草树。面对一团突然滚到了脚边的爱情的毛线，外星人的惊慌和好奇绝对不是装出来的，因为他们的指纹根本没有办法辨认爱情的来龙和去脉，所以鲍伊才会突如其来地，即便沦为战俘，也执意在面对审判的那一刻，众目睽睽地走上前，端起日本军官坂本龙一的脸，狠狠地一口吻下去——吻下去，是因为他需要将爱情残留的气息带回他生长的星球去。像小王子呵护一朵骄纵的玫瑰一般，让他可以在星球的黄昏，那犹如人类的血液凝固了之后的妍紫色的天空底下，用他那一对如魔如魅、时而妩媚、时而凶煞的双色瞳孔，安静地和渐渐模糊了轮廓，也渐渐失去了生命迹象的爱情诀别。

而我是那么地喜欢大卫·鲍伊，像喜欢被一块冰凉的玉坠贴在心口。我时常在想，他明明是一个遥不可及的被电波控制的灵魂，却怎么会有那么一张让人迷恋的嬗变的面容？有时候，他像个病态但俊美的公爵，夜半独自掩上后花园的门，披上厚重的斗篷，翻身跃入公墓里踱步徘徊，而墓园里那只羽毛晶亮如翡翠的猫头鹰，一听到他索索行走的脚步声，就会拍打着翅膀飞过来，停在他的肩膀上，撒娇似的轻啄他的脸颊；又有时候，他的身份其实是个善于矫饰的衣柜里的双性恋绅士，就好像路易·威登在他离世之前和他合作的最后一支广告片，他出现在人声喧闹歌舞升平、犹如舞台剧一般华丽的威尼斯面具嘉年华，这头熟练地滑坐到钢琴面前为宾客演唱弹奏，那头静悄悄地退到门侧，一转身即奔向圣马可广场，登上久候的红色热气球，飞到爱情不那么潮湿的繁花绿丛。

而所有的爱，恐怕还是其次。要到很后很后来，我才渐渐明白下来，为什么当初伊曼会答应把自己嫁给一个罪证累累的爱情惯犯——而且我们几乎都知道，鲍伊从一开始就没有否认自己是个双性恋者。他跟第一任超模妻子安杰拉离婚之前，有一次安杰拉拉开房门，赫然看见鲍伊和米克·贾格尔——滚石乐队的主唱，两个男人，裸着身体躺在一起。当然，那结局如何其实已经不重要了。安杰拉摔开这一扇门走了出去。随后伊曼推开同一扇门走了进来。他们都说，摇滚巨星身边永远不能够缺少的，除了毒品，还有名模，而伊曼刚巧正是来自索马里艳色凛凛的黑人名模，想必这说法总有它的几分道理。

但我还是比较愿意选择去相信，伊曼是真心诚意爱上鲍伊的。虽然连鲍伊自己也经常困惑，到底那些女孩儿们

爱上的是他的名气，还是真的爱上扑朔迷离的他自己？而伊曼毕竟不同，她见过世面，她摸透真假，所以调混在她的爱里头其实还有着太多其他的元素，比如崇拜，比如宿命，比如依赖；所以我有足够的理由怀疑，伊曼之所以奋不顾身地投奔这一段危机四伏的婚姻，主要是因为她所嫁的其实是一个神话、一则传奇，以及，一个永远有待揭晓的谜——她在镜头面前挑了挑修得细细的眉毛，然后回过头来说，她喜欢挑战还没有揭晓的谜底。于是伊曼特意在脚踝文了一把刀，而这把刀的名字叫 Bowie，她要用行动表明，她将来所走的每一步路，都要带着这个名字一起同行。你大概不知道，大卫·鲍伊的原名叫 David Jones，而 Bowie 其实是他钟爱的一个美国刀具品牌的名字，因此这一把文在伊曼脚踝上的小刀，顿时有了温柔与暴烈并存的意义，她要带着她的爱与疑惑，锋锋利利地把下半截人生一步一步荡开去。

而落在乐迷的眼里，鲍伊就像块在尘世中浮沉了千百万年，满面沧桑，刚从地底里挖掘出来的古青铜器，中国的、东方的、玄秘的。而中国，说到中国，曾经在苏格兰寺院学佛的鲍伊从来没有一刻放弃过怀疑他前世一定是西藏一名切切转动经筒的僧侣。熟悉他的人都知道，他总是一高兴就戴着用长方形绢布制成的黄色法器"哈达"出现在演唱会上，更常常出其不意地把修行中的喇嘛请到他的演唱会与他同台。你听过鲍伊唱的 *Young Americans*（《美国新生代》）吧？他说，不信你们试试把整首歌倒过来听，看看像不像藏教音乐？他迷恋西藏。他常常想着要到西藏隐世埋名，并且像那里的僧侣一样，一连几个星期一动不动地待在深山里，每隔三天才吃一次饭。对他来说，西藏显然是一个比月球还要神秘的地方，也是他下一世要投胎的地方。

我甚至在想，鲍伊应该不会介意穿着草鞋步行百余千米，到贵州的丹寨县给当地的师傅端茶敬酒，请师傅给他造一个用苦竹制成的芦笙，然后在苗族喜庆丰收的节日，戴上厚重的银首饰，闪亮着他一褐一蓝的眼珠，和大伙一起高兴地跳着锦鸡舞。鲍伊一直对东方文化表示出深不见底的好奇，我记得他在左边小腿内侧文了一个骑在海豚身上、双手伸向天上祈祷的裸体男人，而文身底部，映衬着几行日本铭文。而他的表演当中，本来就有浓厚的日本歌舞伎的剧院特征，华丽妖娆，一如艺伎。你恐怕有点印象，他甚至在 Earthling（《世俗之人》）的香港版专辑，收录了一首由林夕填词的《刹那天地》，而且还用中文跟黄耀明合唱过这一首充满禅味的迷幻歌曲——隐约解释了鲍伊死后拒绝任何告别纪念，他只想依据佛教仪式，简单而庄重，把骨灰撒在巴厘岛的海面上，不想和当年布莱恩·琼斯离世时那样，让乐迷哭泣着向天空放飞三千五百只蝴蝶，象征永恒的飞翔，也象征无止境的自由，但多少摆脱不了矫情的嫌疑。

  但我实在怀疑：一个人同时被那么多重的身份分裂，是不是一件快乐的事？他是高贵冷峻的公爵，他也是苍白颓废的瘾君子。他颠簸流离，他神秘沉静。他超脱而前卫，他尖锐而敏感。他是来自外太空的 Ziggy Stardust，他也是暂住地球的火星来客。他亦男亦女，他非男非女。他雌雄合体，他性别重叠。他既是以中性形象出现的双性恋者，也是性别革命、波普艺术、角色分演、华丽摇滚的燎原之祖——颓废是一颗最华丽的迷幻药，而躲在这分裂之后再重叠的身份底下，你只需要记得一个永远不可能被复制的名字：Bowie，David Bowie，我相信，你会乐意在他建构起来的国境里，粉身碎骨。

辑二 空

亚历山大·麦昆

Alexander McQueen

断了尾巴的红蜻蜓

重读伍尔夫,读到她留给丈夫伦纳德的遗书,"而这一次我不会复原了,我没办法专心,我开始听见那些声音",然后她勉强为最后一部小说定完稿,就打开后门,在大衣口袋装满石头,一步一步,走进家附近的河里,直到河水将她淹没——不晓得为什么,每次读到这里,脑子后方轰的一声,很自然地就联想起 McQueen。就好像偶尔瞥见一只迷路的不停地飞扑在玻璃窗上的断了尾巴的红色蜻蜓,立即联想起家乡建在稻田中央的母校有棵枝丫慈祥的老松树,那景象一直在我脑海盘旋、盘旋、盘旋,把年少时仅有的记忆在脑海里旋得紧紧的,像掐在脖子上的两只来历不明的手——我总是相信,某些一晃而过但让你的心头莫名一紧的意象,其实正企图向你预言你未来的局部或全部。

而 McQueen,他少年时候应该是读过伍尔夫的吧?如果伍尔夫还在,她懂得的 McQueen,肯定远比我们看见的、猜测的、臆想的 McQueen,还要入木,还要深邃,还要穿透。而且伍尔夫会像疼惜亲弟弟那样,为 McQueen 拈开恰巧掉在他头发上的断成两半的树枝,也会为 McQueen 抓掉阴森地爬上他脖子上的绿毛虫,她对他的亲昵,藏着一种运命相通的怜悯,以及一种来不及规劝和来不及阻止的焦虑和愧疚。

尤其是,河水原来那么深那么凉,并且那么地阴险,那么地什么情理都不讲;但那毕竟是伍尔夫后来识穿了河水的真面目却已经来不及告诉我们的事了。偏偏 McQueen 最后竟和伍尔夫一样,专注地橹着桨,以为把船橹到一个可以让他将自己如尘土般撒开去的地方,这"一了",也就是"百了"了,因为他实在没有办法正常地安顿好自己的存在,更不想因此而间接毁掉爱他的人的一生。

我同时想起的,还有香港的卢凯彤,她一直那么勇敢地喧哗爱,一直勇敢地抖索着在人群中安放她努力武装起来的自在,也一直勇敢地在濒临干涸的音乐池塘里盘旋单飞,雁渡寒潭,最终却还是逃不掉让自己从高楼坠下。常常,我们是多么的自私,自私地希望她可以继续当一个骄傲的单数,一个永远不会枯萎的异色,照亮我们欲暗未暗的天色——

更可怕的是,我们一直停留在我们对忧郁的误解,以为忧郁是一种逃避,以为忧郁是一种退缩,但实际上,忧郁从来不是一种选择,越是美丽、越是温柔的人,以及越是不想麻烦其他人的人,他们的忧郁背后,越是抵着一把尖利的刀锋。

你大概也懂得的,老一派的伦敦人,他们特别讲究礼数和隐私,从来不把忧伤端上餐桌,也从来不把不开心的事搬到户外野餐的草地,对他们来说,把身边最亲近的人吓着了,是一件十分不体面的事。

因此像幽魂那般周旋在伍尔夫和McQueen身边如影随形的忧郁,不,不是的,不是因为他们比别人敏感比别人细腻,所以才得以通过幻听幻视和幻觉,看见曼陀罗,看见彼岸的蓝光,看见九泉的迤逦;而是他们穷尽其力,终究抵抗不了藏在脑子里某个角落看不见也摸不着的畸形病灶,正不断向他们显现咄咄相逼的青面和獠牙。

而McQueen,他是在他母亲去世之后的第九天,选择在伦敦的公寓上吊,用一个最不时尚的方式,跟世界道别,也替自己的人生谢幕,结束他曾经离经叛道但后来慢慢对运命俯首称臣的生命——他累了,他想提前偷个懒,早一点给自己找个地方好好休息。

消息传出来的时候,纽约时装周正开始第一场秀,坐在头排的时尚翘楚们的黑莓手机,几乎同时发出讯息进入的提示音,而时尚女魔王安娜·温图尔更是突然从时装秀的现场冲了出去,一脸的惶恐,一脸的悲戚,一脸的难以置信——

当时的 McQueen 才刚刚踏入四十岁,那是他的气魄最饱满、创意最锋利、锋芒也最有辐射力的时候,可是母亲的离世,对于 McQueen 的打击几乎是毁灭性的。我记得他曾在一则时尚杂志的访问中提过:"我没有办法想象自己比母亲先离开人世,这是我最大的恐惧,我绝对不允许她自己一个人孤零零地生活下去。"

但即便母亲先他而去,他整个人还是逃不开穿膛破腹似的给掏空了,因为他精神上的避难所,完完全全地在他眼前崩塌了。于是他选择在母亲葬礼前一天,留下一封简单的遗书,没有透露任何促使他选择放弃自己的蛛丝马迹,只是平静地写着:"请照顾我的狗。抱歉,我爱你们。"并且还特别交代了一句:"请将我埋在教堂里。"

所有在忧郁边缘散过步,并且侥幸找得到回来的路的人应该都了解,McQueen 根本没有把握可以让自己从迎面痛击的悲痛中稳稳当当地站起来,然后结上领带,然后穿上肃穆的西装,然后站在亲友面前轮流接受大家的拥抱,

115

出席那个他老爱把她唤作"我们家的石头"的母亲的葬礼。

后来，验尸官给 McQueen 的自杀录下一份裁定书，里头有那么触目心惊的一句："他心态的平衡严重被扰乱。"看到这一句，据说他生前最要好的超模朋友凯特·莫斯当下掩着面，泣不成声，她竟然察觉不到她身边最亲爱的朋友，原来一直跨坐在放弃自己和毁灭自己的悬崖上——忧郁症最可怕的是，你明明就在他的门外，可就是没有办法在最关键的时候撞开门闯进去。而且，他不是不肯开门，他只是连扭开门把的力气和勇气，都完全提不起来。

凯特·莫斯说，她对 McQueen 的思念至今依旧没有断裂，她一直没有忘记，当年她因为吸食可卡因的负面新闻一度让自己的事业直插冰谷，几乎所有时尚名牌在敏感时期即刻不留情面地终止和她的合约，McQueen 是第一个伸出手把她拉上来，在自己的发表会上，刻意穿上印有"We love you Kate"的 T 恤，并痛骂伦敦媒体"你们他 × 的也管太多了吧"，以表示对她的支持。

后来提起旧事，凯特·莫斯眼里泛起一片西湖，凄然地笑着说："永远也不会有像他这样的人了，我们有过最美好的笑声，我是如此想念他。"难得的是，总有那么一些人，不动声色地在你人生最严寒的时候，给你的壁炉添柴生火，然后天气暖了，冬天分明已经彻彻底底过去了，你还是常常提着扫帚，却怎么扫，也扫不尽他给你留下来的炉烬。

我偶尔也会想起十六岁的 McQueen，那时候他没考进大学，只能在伦敦一所专科学院混日子，夜间则在酒吧靠擦杯子赚钱，后来才逮到了机会到伦敦著名的男装圣地萨维尔街当裁缝学徒。由于父亲是苏格兰人，在伦敦当黑色出租车司机，几乎整个家族都是蓝领阶级，因此当McQueen受封CBE，大英帝国司令勋章，他特别穿上苏格兰百褶短裙和花呢服装，佩戴苏格兰人的毛皮袭，以及饰有猎鹰羽毛的苏格兰船形便帽，完全是为了回报父母而答应接受这一个勋章，而英女王则像疼惜孙子一般地问他："你从事时装设计有多久了？"McQueen一脸贼笑地对女王说："太可怕了，已经有好些个年头了，女王陛下。"逗得女王开怀大笑。女王并不知道，她的慈祥与爱，是如何让McQueen的心里开出一大片永远不会凋谢的花。

我喜欢McQueen，喜欢得其实可以在文字上提起他的时候，舍繁取简，用"麦昆"来称呼他也是不愿意的。他的原名叫Lee Alexander McQueen，熟悉他的朋友都叫他Lee，可能是因为亲切，也可能是牢牢不肯忘记他曾经捉襟见肘的微时。但我却觉得McQueen这名字真好，好在映照出他的野心他的气魄，还有他的狂妄和他的颠覆，也好在，你会非常愿意去相信，他就像一个"在现实中实实在在存在过的幻兽"，美丽的、凶猛的、狡黠的，但却同时不失善良的，因为他来过，像摩西拨开红海，于是整个时尚界的境界就不一样了。

毁灭是最美丽的完成

最后连卡爷（Karl Legerfeld）也走了。卡爷走了，香奈儿不香了，并且意味着，一个由卡爷定义的奢华时代落幕了。风风火火的时尚界，未来又会是什么样的一副光景，其实都在色相之内、意想之外。相对之下，McQueen的离开，某程度上是他心愿的完成。离世之前，McQueen已经企图自杀过两次，两次都是侥幸被他当时的男朋友救了回来，而他醒过来的第一句话是："这不会是最后一次，我还是会继续尝试，直到成功为止。"生命的终结，对McQueen来说，不过是重复地毁灭自己，只是形式上偶尔需要修正而已。

但一投入时装设计，没有人比McQueen更疯魔、更认真，并且更体贴地去研究和善待每一个不同类型的女人。他的好朋友伊莎贝拉·布罗接受时尚杂志访问时提起，她有一次找McQueen试一件舞会裙子，整个过程McQueen就像个失控的开膛手，不断叱喝着穿上新裙子的她，"转身、后退、往这边来"，鼻子还会像猪一样喷气，坚持要把裙子试到他自己满意为止。之后，伊莎贝拉·布罗在四十八岁那年因一连串的不如意选择轻生，McQueen对人生的绝望又被扭曲了一次，并且结结实实和心魔抗战了好长一段日子，才重新出击，推出一个名为"蓝色夫人"的时装系列，运用大量的羽毛和帽饰，改造自伊莎贝拉·布罗的收藏品，向伊莎贝拉·布罗致敬——她是他的伯乐、他的同谋、他的挚友，也是他的影子，McQueen在她身上看到的，很多时候就是他自己，因此他选择用一系列壮丽

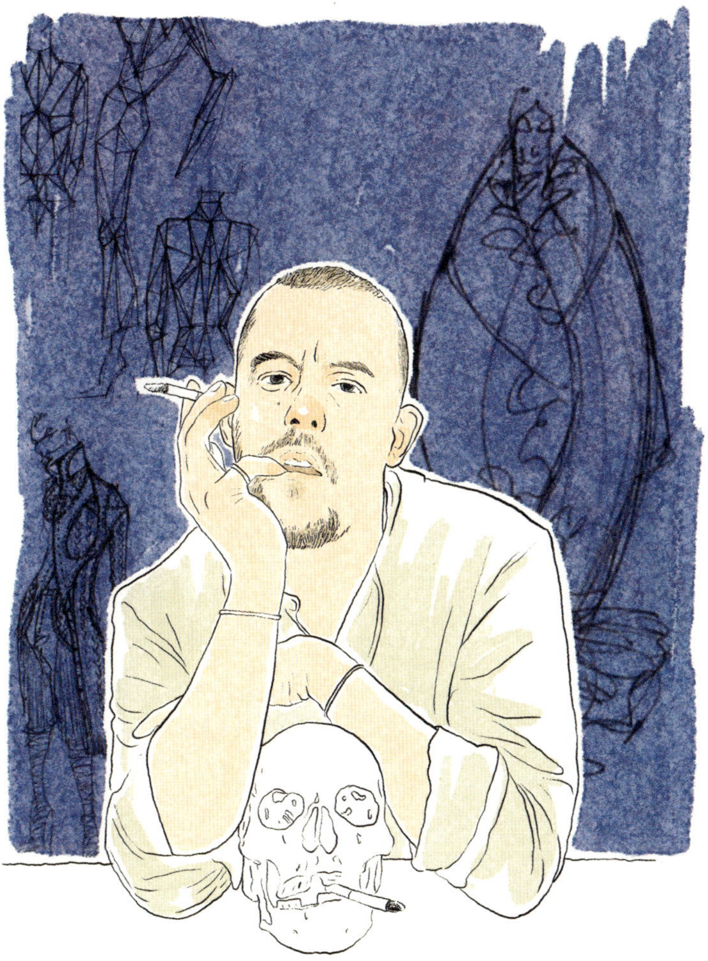

但哀伤的衣服,来纪念这一位一直嵌在他心里最重要位置的好友。我常常记得 McQueen 说的:"我一点也不重要,重要的是穿上我的衣服的那些女人,我必须确保那些衣服带出她们最真实的灵魂。"而我一直相信,选对了一条裙子,有时候,真的会改变一个女人的一生。

至于 McQueen 的设计,虽然有时候的确是张牙舞爪的"演技派",但他给女士们设计的晚礼服明明一点都不紧身,也明明一点都不步步为营地高调强化女人身上地雷般危机四伏的曲线,偏偏比任何时候都让男人手心冒汗、坐立不安。性感,对 McQueen 来说,不是让一个女人看起来唾手可得,而是让一个女人看起来马虎不得。尤其是,McQueen 眼中最美的女人,是刚刚从床上爬起来,身上还穿着前一晚的礼服的女人,而这些女人之所以特别迷人,因为在形象上,她们看起来就是不修边幅的摇滚歌手和浓妆艳抹的流莺的混合体——美,很多时候需要经过猛烈的撞击才力道十足,并不一味是法式优雅,那该多么无趣。

因此我们看到的 T 台上的 McQueen 总是风驰电掣,飙得太远、去得太尽,几乎没有转圜的余地。他为了突出法国高级时尚和伦敦街头时尚之间看起来根本没有办法共存的撕裂感,特别将纪梵希(Givenchy)高级定制时尚的发表会安排在伦敦最脏、最杂也最乱的博罗市场,然后故意安排全球最难服侍的顶尖时尚写手坐在露天硬绷绷的长条铁椅子上,让他们体验一面皱着眉头呼吸下水道的臭气,一面带着刺激感感受充满暴乱、危险和威胁性的氛围——

121

而博罗市场，曾经是莎士比亚时代著名的花街柳巷，那些低下层人民每晚都在这一区的剧场和妓院穿梭，贩卖和寻找最低俗、最卑微，但也最实在的快乐。我是那么地相信，时尚不一定要高高在上，但是个人风格一定要想尽办法凌驾其他人之上。

而在 McQueen 的秀场上，很多时候被安排出场的女模都像半兽人，黑色的眼线沿着内眼角往下延伸，冷酷得让人不寒而栗，特别具有视觉上的攻击性，并且表现出不经修饰的蛮荒之美。对他来说，作为一名设计师，时尚除了是工艺、是戏剧，也是个人经历，在他的设计和秀场构思和布局上，其实不难发现他并没有企图遮掩他无所不在的焦虑，甚至把他个人的生活体验倾注进去，常常发了疯一般，把每一场秀都当作是舞台剧的剧场——

熟悉 McQueen 的时尚分子都知道，他特别擅长通过秀场的设置，突破当代的时尚语义，他可以在设计中加入古埃及人的神秘异教元素，甚至在秀场上竖起巫师的墓碑，也可以将秀场安排在当年用来囚禁法国最后一位王后的巴黎古监狱，让大家对他下一场发布会的期待值不断地提高，就连 Lady Gaga，也主动要求在他的发布会上首唱最新单曲。而且，McQueen 颠覆艺术的同时也尊重艺术，他不间断地从意大利文艺复兴时期的艺术作品中寻找灵感，将艺术家的画作转化为印花，把拜占庭时期的皇后画像设计成珠宝，更让大师名画印在丝绸裙上以示敬仰。我特别记得他有一场秀的名字叫作"旋转公牛的舞步"，那时"9·11"

事件还没有过去，McQueen安排了一阵红色的烟雾在舞台正中冒出并向全场弥漫，带出无比的感伤——而他的秀，更多时候，其实更像是一出制作严谨，但抽掉对白的戏剧，他太懂得在视觉效果上操纵和控制人们的情绪。同样地，典型的McQueen风格犹如被放逐的没落的贵族，比任何一个英伦设计师都强烈、都惊骇、都前卫，无止境的宽肩、高腰线、多层设计，还有大量的皮革、紧身连体衣、A字长裙、船形帽、茧一般的轮廓，以及无从挑剔的完美剪裁。McQueen也有野心，他想成为圣罗兰之后最伟大的廓形和剪裁的传奇大师："至少有一天我不在了，人们会记得是我创造了某种永垂不朽的剪裁廓形，并且把我设计过的衣服当作遗产，一代一代地传承下去，而不单单只是把我当作一个哗众取宠的设计师。"

关于爱情，McQueen虽然换过好几个男朋友，但他愿意张扬的情感事迹并不多，而且我想，所有同志的爱情都一样，即便将所有的权益都争取了回来，却始终还是好像在冻土上散步，明明沁凉明明惬意，明明距离圆满只有一步之遥，但这当中，终究还是潜伏着难以言喻的不确定性，随时还是有可能滑上一跤。年轻时候的McQueen，整个人浑圆浑圆的，很害羞、很不擅辞令，但很有礼貌，老穿着一条破牛仔裤和松垮垮的衬衫，没有奇装异服，也完全不懂得着手把自己包装成一个未来时装设计大师的模样，而且他一点也不妖娆妩媚，常常让时装圈里的人以为他是"刚正不阿"的直男。他唯一让人吃不消的坏处是，他的耳根子特别地软，听不得甜言蜜语，很容易就爱上其实不是最适合他的男人，就连汤姆·福特，也曾经这么形容过McQueen："他看起来就像一块棉花糖，亲切、迷人，很容易让人喜欢上他。"

后来McQueen结了婚，男朋友是个纪录片导演，两人挑了一个不那么高调不那么喧闹的岛屿，举行一场不那么浮华的婚礼，并邀请凯特·莫斯担任伴娘。但我更记得的是，他刚担纲纪梵希的创意总监，准备替当时奄奄一息的品牌注入一支强调"概念性和现代感"的强心针的时候，和他走在一起的其实是另一个男朋友，McQueen常常忙完了发表会，在T桥上探出半个头来谢幕就一溜烟地走了，什么时尚评论都不听，什么庆功派对都不去，安静地和母亲喝一顿下午茶，然后就直接躲进男朋友的小公寓里。我每每记起这个时期的McQueen，心里总是特别柔软，我还记得他右手臂上有一组文身，文的是莎士比亚的喜剧《仲夏夜之梦》的一句对白，"爱不是用眼睛看出来的，而是用心感觉出来的"。我也记得，他特别放不下他养的那一条叫"薄荷"的狗，他想每天都和"薄荷"躲在六百岁的伦敦老树底下耳鬓厮磨——后来在他发病之后，我才知道，薄荷其实就是他给自己的忧郁症调配的一方草药，而他喜欢伦敦远远超过喜欢巴黎，他其实根本招架不住巴黎的势利眼，伦敦才是他的人生，他的开始，以及他永永远远的结束。

山本耀司

Yohji Yamamoto

用剪刀写诗的时尚浪人

后来我才发现，原来山本耀司并没有把匿藏在他心里的那个郁郁寡欢的小孩给释放出来——有一次接受访问，他半皱着眉头说，他这一生人最不喜欢的，就是当街欺负小孩的大人。至于背后的原因，我则约略是听说过的：

山本耀司自幼丧父，父亲在他一岁时被征召奔赴战场，结果死于菲律宾的一场战役，从此没有再回来，因此他只得一路跟随开设小小洋装店的母亲，在东京风月区歌舞伎町长大。而他的童年很快地让我联想起北野武和荒木经惟，他们几乎都是同一个时代出生的孩子，都一样的贫穷，也都一样的苦闷，并且身边充斥着妓女、美国大兵、黑社会和形形色色的人。然后有一次，山本耀司在巷口和童年的伙伴兴高采烈地玩投接球，不小心让球击中了一辆黑色的大房车，车里的男人马上凶狠地走下车来，不由分说，狠狠地将他殴打了一顿，并且还啐了一声，骂他"没用的小鬼"。

就是这一顿殴打和这一句"没用的小鬼"，击中了山本耀司的"渴望力"和"战斗性"——印象之中，山本耀司是个不爱给家里制造麻烦的孩子，他总是想方设法，让自己看起来十分守规矩十分懂事，然后小心翼翼地成长，小心翼翼地暗地里酝酿并呵护他那脆弱但伟大的梦想。可是这种以扼杀自己个性来让母亲安心的手法，对心理的成长怎么说都是不健康的，即便他是那么地向往进入东京艺术大学，最终还是不得不选择了庆应大学法学部，以回报母亲一直希望他将来能够当上一名律师的愿望。不过他不断告诫自己："无论怎么样，将来一定要走出去，一定要做回自己，一定要到世界的中央闯荡去。"

而山本耀司的世界中央，是巴黎。他后来在巴黎取得的惊心动魄的成就，不但改动了整个时尚界的历史，也抹掉他自己好大一部分的童年阴影，虽然他偶尔会增加访问的趣味性而主动告诉时尚记者，他的内心，其实还有那么一小部分保留了一颗爱捣蛋的童心，随时会抓紧机会转过身来，对整个世界调皮地吐吐舌头——但我知道那不是真的，不会是真的。

因为每每时装秀一结束，山本耀司整个人就坍塌下来，被铺天盖地的空虚感袭击得几乎站不起身，而且草草地谢完幕之后就走进后台，脚步蹒跚，心情怅惘，一心只想赶快回家牵起狗儿到附近的墓园散步。他不快乐。快乐并不是随身藏在衣兜里的狗粮，随时都可以一大把一大把地掏出来撒在地上给他的狗儿解馋。

是的，山本耀司养着一条凶暴的秋田犬，这种体态威猛的狗，以前是日本独居的猎人养来和熊作战的，但山本耀司养的这一只母犬，则是他公开的情人，是养来彼此陪伴的，因为他就连躲起来不叨扰其他人地享受那一小锅孤独，也必须不被看见，也必须有所节制。

而山本耀司的不快乐其实是合理的。我知道我们都很残忍。但山本耀司如果不继续那么地心思敏锐，不继续那么地郁郁寡欢，不继续那么地害怕时尚派对和不继续那么地害怕社交，我们要到哪里去找一个会懂得把衣服设计得像流浪汉的穿着那般潇洒那么富有哲学意味，并且当衣服穿在人们的身上时，会随着人们的摆动和行走，隐隐约约带出时光流逝的味道的当代时尚大师？

我常在想，如果时尚是诗，那么山本耀司利落的剪裁就是他的语法，他总是以充满仪式感的剪裁方式，去剪裁如字句般"鲜活"的布料，而且不断强调，女人的背部比正面好看，"从肋骨到腰，再延伸到臀部的线条，其实才是最性感，也最有魅力的"，反而对如何突出来势汹汹的胸脯，于他来说，其实并没有什么所谓。最重要的是，后背才是一件衣服的基础，不用心完成后幅，衣服的前幅根本没有办法成立。

而出道至今都快五十年了，山本耀司对于功能性的美，到现在还老是心存疑问。他说过，因为他出生在日本一个非常糟糕的时代，连吃也差点管不了，所以那个时代出生的孩子们身材都矮小，包括他自己。他其实很厌恶自己瘦弱矮小的身材，所以潜意识里总会设计出尺寸超大的衣服，然后在夹克和衬衫之中注入空气，巧妙地运用日本人推崇的"间"的哲学，在设计上留下适当的空间，去间隔一件衣服的设计形态和存在方式，让肌肤和面料之间，空气可以顺畅流通。山本耀司认为，那些藏在女人身体和布料之间流动的空气，特别地旖旎，也特别地容易引人遐思。

而时尚设计以外，我一直惊叹于山本耀司对感应其他艺术的敏感度，他除了是二〇一一年获得法国艺术文化勋章最高等级"司令勋章"的山本耀司，间中也不断为他所欣赏的艺术家们倾尽全力，担任舞蹈、歌舞剧、舞台剧、电影等服装设计，偶尔还会写写文章，让大家通过文字进入他个人的禁区，看见时尚天桥以外不一样的山本耀司。

更惊讶的是，原来山本耀司竟然还是一个不爱喧哗爱

沉默的摇滚音乐人，不同的只是，他心目中的摇滚之神是鲍勃·迪伦，跟他女儿山本里美喜欢的摇滚乐团"枪炮与玫瑰"不太一样。而且山本耀司会写很轻、很淡、很不着痕迹但很有意思的歌词，比如"抱歉 / 把你一个人留下 / 明明和你约好了 / 一不小心 / 以为睡着了"；比如"春天再来的时候 / 你还能活着吗 / 讨厌的杜鹃花就要开了 / 讨厌的春天就要来了"。而且他中学就开始学吉他、玩乐队，不喜欢披头士，觉得他们的音乐有太多经过设计的痕迹，他真正着迷的是鲍勃·迪伦，喜欢在他的歌词里可以找到诗在呼吸，喜欢在他的歌曲里面流窜的故乡感，他甚至在稍有名气之后鼓起勇气找过鲍勃·迪伦当他的模特儿，但很快就被比他更反主流、更酷和更跩的鲍勃·迪伦拒绝了，而这事儿，也成了他这一生当中的遗憾。

至于推出过好几张音乐专辑的山本耀司说过，创作歌曲比设计衣服更可以直接地看见不足的自己，也让他可以更坦白地面对焦躁、烦虑和害怕挫败的自己。并且，因为平时就不怎么爱说话，所以他把心里想表达的东西和想发泄出来的呐喊，都完完整整地安顿在他的歌曲里，虽然大家都说，山本耀司唱歌的方式就好像中学生羞涩地在朗诵诗歌，不怎么好听，但胜在特别容易触动人心，和他设计的衣服一样，有点高深莫测的况味。

更何况，我喜欢想象他把几位一起玩音乐的朋友一起叫来，就在他家里烟雾弥漫的地下工作室录音的画面，他们一起疯狂地抽烟，一起安静地修改歌词，一起把一首歌的旋律整顿清楚,而当山本耀司埋头改动歌词的时候,他的音乐伙伴们就在一旁抽烟,等他写完了再一起编曲,一点也不着急,诚心诚意要他把音乐领回最初的样子。

于是不吭一声地服从

有时候静下来,把杯子搁在一张张陌生的茶几上,坐在旅途中的广场上看人,看走过的红男映照绿女,看秀色何等可餐,忍不住就会想,在这飞沙走石的世界里,有一点恐怕是我们谁都不愿意去承认的,完美,其实最不美——

而我其实先后在两个人口中听过这句话,两个都是我喜欢的人:第一次是山本耀司,因为对他来说,完美象征着秩序感,象征着权威性,这两者都不是他追求的设计精神。第二次则是皮娜·鲍什,在她编排的舞蹈中,有麦田有风沙有花海有水潭,但同时也潜伏着扭曲、挣扎、苦难和束缚,所以她坦言她的舞蹈从不信奉完美,对于皮娜来说,不完美,其实才完美。

这大概也就解释了为什么在我私人珍藏、宛如中学生剪贴簿般的"时人／时尚／时刻"相簿里,有一张照片是我特别特别喜欢的:照片里山本耀司蹲下身子,毕恭毕敬地为皮娜·鲍什的舞蹈造型试衣服。皮娜站在镜子面前,半垂着眼睛,微微地笑着,身上穿着一件山本耀司为她设计的黑色宽袍,并且因为衣服选用的布料太轻太软太舒柔,格外显得她真的好瘦好瘦,而她束起头发,高高地把双手举起来,一脸的虔诚,安心地把自己交给山本耀司,为她演出的舞蹈造型做最后的定装仪式。

由于皮娜·鲍什需要在台上展现她身体内的灵光,表演大量的舞蹈动作,我于是有点好奇,山本耀司会不会将衣服裁成宽大的帐篷的样子,然后以同样的一幅布料,设

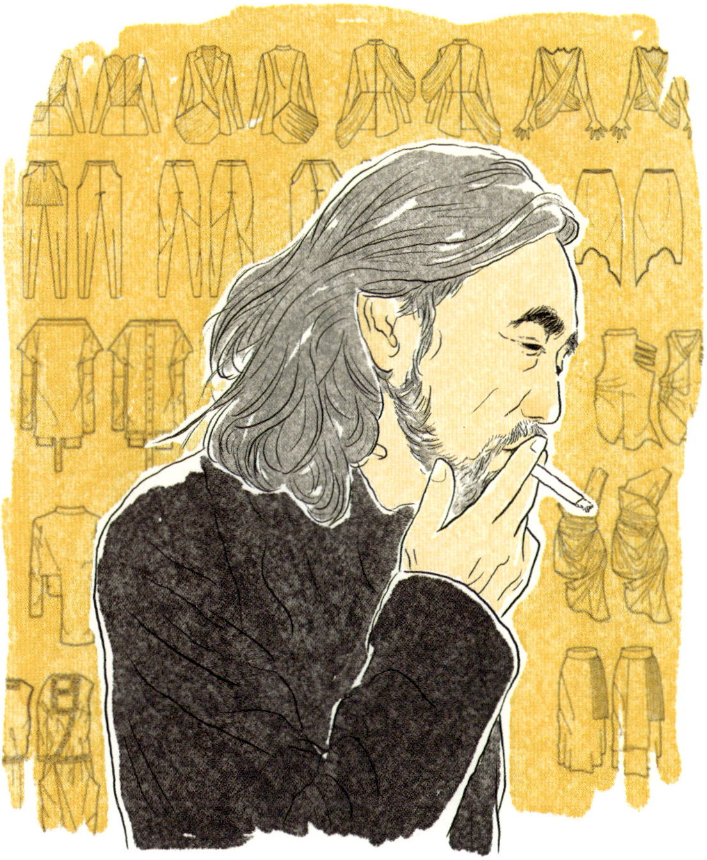

计得有点像鸭子的蹼，随着手的动作，衣服的层次会上扬，只要手一抬起，全身即伸长，手一旦放下，就出现波浪般的皱褶，展现衣服异常丰富的表情，和皮娜·鲍什在舞台上的每一个充满张力的动作，相互辉映。

其实这照片之所以珍贵，不单单是因为照片里头都是我最崇敬的人，而是摄影师那么精准地把他们两个人在镜头面前漫溢开来的惺惺相惜给捕抓下来，因此我知道，将来有那么一天连山本耀司也不在了，这照片是注定要成为经典的。就好像如今皮娜离开都逾十年了，山本耀司回忆起第一次和她见面，还是忍不住叹了一口气："她是少数可以让我不吭一声、绝对服从的人。"皮娜太强大太厉害了，虽然他们两个都是不多话也不习惯摊开来表达自己情感的人，可是两个人的互相欣赏和互相体恤，根本不需要暖场也不需要预先彩排。

初见皮娜，她的气场、她的细腻、她的暴烈、她的温柔，完完全全把山本耀司降服下来。天生孤僻的他说过这么一句，这一辈子让他感动的只有两个人，而这两个人恰巧都是德国人，一个是剧作家海纳·米勒，另外一个是舞蹈家皮娜·鲍什。"他们两个说的话，我一定会服从，而且很想一直待在他们身边，长久地跟他们在一起。"可见山本耀司实实在在是个感性的人，他只是在创意上老是不怀好意、老是意图不轨，在情感上，没有人比他更从一而终，也没有人比他更孩子气地依赖和驻守着这两个他喜欢的人。

特别是皮娜·鲍什，山本耀司一直觉得皮娜是个疯狂

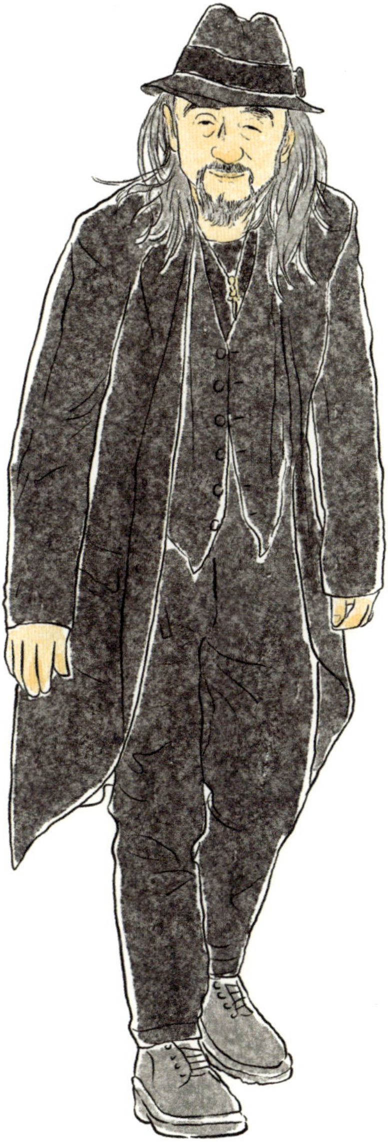

的人，她怎么看都像是同时拥有了一枚银币的正反两面，温柔的是她，暴烈的也是她。她一直都在孤独地爱着，也在爱里一直孤独着。再也没有一个女人可以像皮娜·鲍什那样，她太懂得如何坚韧地争取继续生存下去的手法。这样的女人是可怕的。最可怕的是，她全盘接受残缺和无常之美，在她设计的舞蹈当中，充满了手势、力道和汗水，对她来说，她随时随地都借由她本身脆弱的身躯去表现她心志的辽阔和强大，并且完全应和了山本耀司最喜欢的一个英文单词"fragile"，因为山本耀司对美的终极向往是：当衣服褪下或消失，其实就只剩下人，就只剩下你自己，以及你的风度，到最后那才是真正的美，那才是本质——而皮娜·鲍什，偏偏完全符合了他所要表达的设计概念。

因此后来皮娜·鲍什主动提出和他在舞台上合作，让他在乌帕塔舞蹈剧团廿五周年纪念演出上特别客串，山本耀司又开心又忧心，紧张得连话都说不出来——他除了忧心自己如何以一个时装设计师的身份，介入皮娜·鲍什编排的舞蹈当中，他更加忧心的是，把两个真正互相欣赏的人撮合到一块演出，其实孕育着一定程度的危险，因为最终出现在舞台上的，其中一个可能是双方礼貌性的互相谦让；另外一个可能是作为客席演出的他，明显会受到相当的忽视而造成严重的信心伤害——除非是大家都同意突破一般性思考，做出激烈的反差，豁出去，把最不被预料的演出设计和形象塑造，投放到对方的领域上去，只有这样的跨界演出，才符合冲突性的美感，也才会大量赢取紧紧纠缠的反驳和赞赏。

　　结果山本耀司最后还是接受了皮娜·鲍什在舞台上交给他的一个小时。灯光调暗，皮娜退下，然后山本耀司站出来，在黑暗中表演一场黑带空手道的搏斗技巧。他说："如果真的要投入运动，就一定要找个有对手的运动才好玩，因为可以练习认真决出胜负的格斗技巧——运动要有紧张感才会真正帮助神经的舒缓。"而这么好斗的山本耀司，和站在天桥谢幕时一脸彷徨地接受观众掌声的山本耀司，实在是完全不同的两个人哪。

　　至于我喜欢的山本耀司一直都是片面的，是局部性的，是可以解散然后再重新组合的一个非常贴近生活的大师面貌。比如我喜欢山本耀司所说的，他赖以生存的物质其实都很简单，也都随手可得：香烟、剪刀、音碟、小津安二郎的电影、安眠药和一粒好枕头。其他都是不重要的，其他都是完全可以不需要的。

　　关于时尚的未来，山本耀司看得很远，我很肯定，山本耀司看到很多我们所看不到的，甚至他现在所看到的，如果有一天他退休了或离开了，也不会被其他所谓的时尚大师所看到。而我将一直怀念他设计上的反叛，以及他为黑色做出的平反，觉得黑色比白色谦虚，而且黑色是有尊严有节制、不打扰人们眼睛的颜色。山本耀司从一开始就反抗主流，坚持设计上必须以不平衡的线条，来突显手工艺术不完美的完美，以及保留工匠努力的痕迹以证明衣服背后人工的最真实的存在。他说过，他真正的天赋，不是创意，不是裁剪，而是他的经历、他生活过的地方、他受伤过的心和他爱过的人。而时尚，说穿了，不过是一个高浓度紧缩、披在身上、走到街头上，然后被人们阅读的故事。

　　一件衣服之所以美丽，是因为人们穿着它去爱恋、去伤心、去挣扎、去懊悔，并且看得出来衣服与人之间已经建立起一种相濡以沫的融洽与默契。我常觉得，时间流了过去，阅历沉淀下来，当一个人渐渐怡然自得地住进那一件他感觉特别亲昵的衣服里，而那件衣服也将渐渐给他一种家一般的安全感，安静而柔驯，不需要对着全世界吼叫它有多美丽，我绝对会相信，那一件衣服的衣角，一定有个风驰电掣的签名，就叫 Yohji。

安迪·沃霍尔

Andy Warhol

神经质其实是一种艺术

到现在我偶尔还是会想念安迪·沃霍尔的神经质——虽然他这个人的某些想法和某些创意在某个层面上已经有点过时，但神经质不会，神经质本身其实就是一种艺术。我特别喜欢他常常重复的一个动作，他在书桌最上面的抽屉取出刨铅笔机，然后走进浴室蹲在马桶边上，专心一致地把笔筒上的每一支铅笔都来来回回刨得尖尖细细的，他不能够忍受笔筒内插着一支钝了的铅笔。

这当然是一种病，但这是一种有品味有原则的强迫症。他不搭理时间，时间他花得起，而且花得和他花钞票一样爽快，他关心的只是细节，就好像他如果发现某一本搁在书架上的书的颜色不够明亮，或者刚巧和房间的颜色不搭的话，他会毫不犹疑地把书皮撕下，然后用相称的颜色打一张书签贴在书脊上，让整个房间的调性完全一致——因此我老是在猜，他需要的恐怕是一睁开眼就必须绝对相称和连贯的视觉效果来维持他的生命，要不然他会因此而呼吸困难，活不下去。

而我之所以开始熟悉安迪·沃霍尔，有一小部分原因是因为他曾经画过一条史上最贵的香蕉，那是波普艺术的标志，那也是安迪·沃霍尔最显赫的艺术身世。但那条作为"地下丝绒"推出的摇滚音乐专辑封面设计的香蕉，实在是黄得让人晕头转向，也实在是黄得偶尔让人焦虑急躁，就好像安迪·沃霍尔这个人一样——

安迪·沃霍尔特别喜欢黄色，黄色在他潜意识里是最能够统驭空间、最能够显示主控权和占据感的颜色。而黄色的香蕉，则随时随地能够占据比它实际体积更大的空间，这其实暗喻安迪·沃霍尔虽然是个害羞的人，但他的野心可一点都不害羞，他极度渴望成名，极度希望成为人们口中最津津乐道的大师和名人，他自小就嫉妒所有在电视上拥有个人节目的主持人——所以，他唯有通过最喧闹的波普艺术，以及不断重复将最浮夸的颜色注入最普罗的人像或图案上，才能让他这个红鼻子白头发的怪胎变成一个声名大噪，并且不断让人好奇让人追踪让人崇拜的"波普教皇"，满足他渴望被关注的带点病态的欲望。

  而我必须坦白，才气以外，我对安迪·沃霍尔的喜爱，多少藏着猎奇心态：尤其是他狠狠阉割掉正常的生活方式，以及他终生病态式地将头发和眉毛不断漂染成不同颜色来逃避自己出生于捷克贫民区，以及患有风湿式舞蹈症的一种自卑、自恋，甚至自虐的方式，活脱脱就可以成就为一本曲折迂回、腥辣惊悚的都会奇情小说。但更关键的是，我痴迷大卫·鲍伊从来不是一朝一夕的事，因此当我知道大卫·鲍伊特别喜欢安迪·沃霍尔，将他视作偶像，甚至还为安迪·沃霍尔写过一首歌，歌名更是单刀直入采用"安迪·沃霍尔"的名字，而歌曲里头来来回回，表达的尽是他对安迪·沃霍尔的钦佩和说不清楚的明明灭灭的情愫的时候——我灼灼地独坐在院子的角落，让自己烧成了灰烬一整个长长的下午。

  之后吧，大卫·鲍伊更出乎意料之外，答应在电影《轻狂岁月》里出演安迪·沃霍尔，让两人的交情更加扑朔更加迷离,甚至听说大卫·鲍伊在电影里的白色假发,还是安迪·沃霍尔特地派人送到片场借给他的。大卫·鲍伊可以喜欢任何人,但不是安迪·沃霍尔,因为安迪是一个缺乏"爱情机能"的人,他就只爱他自己,而且他有一双因为对人对环境对爱情缺乏安全感而终日不停抖动的手,他甚至自嘲地说:"我很好奇为什么自己不是抽象派画家,单是看看这双不停抖动的手,我应该是天生的抽象派画家才是。"所以他拿什么去承受和接纳大卫·鲍伊外星人一般动辄行雷闪电的爱情?

作为影响了整个六十年代的艺术大师,我其实特别同情安迪·沃霍尔,他一点都不快乐,一丁点都不。他的自恋、自大和自视过高,基本上都是装出来的,即便后来家喻户晓名利双收,甚至自创门派呼风唤雨,终于有了自己的电视节目,也孤注一掷地拍了好一些超前卫的声名显赫的情色电影,但他还是对自己一点信心都没有。

因为工作的关系,安迪·沃霍尔其实从没缺过穿梭于艺术、音乐、文学、电影和时尚界的机会,他身边镇日围绕着的,全都是满汉全席的明星美女,全都是秀色可餐的模特俊男。他常常自卑自己长得不够好看,所以一有机会就抢先夸大自己的短处,贬抑自己的长处,这样一来受到的伤害就会相对地减轻很多。而且他天生是一个无可救药的患有焦虑症的工作狂,他痛恨花时间重新去认识一个人,无论对方是男伴或闺蜜,他说:"为自己保留多一点时间的方法,就是将自己保养得一点吸引力都没有,这样就不会

有谁会对你有兴趣了。"

特别是,他对自己的同志身份一直都没有办法真正地投入进去。他渴望爱,但又害怕因为付出了爱却受到伤害。他经常自嘲着对身边的朋友说:"我懒得精心装扮自己,我也懒得为自己创造吸引力,因为我压根儿不希望有人爱上我。"这其实和全天下自恋的人都一样,他们渴望风起云涌、飞沙走石、排山倒海的爱情,却又完全招架不住一丁点的背叛、考验和伤害。爱情其实不难，只要你不是一张开口就咬断爱情的脖子以证明它必须是纯洁虔诚并从一而终的就可以了。

但我总觉得"不希望被人爱上"这一席话背后，其实填塞着安迪·沃霍尔沉默但浩瀚的悲伤。安迪·沃霍尔老是将自己的形象强化成一个爱钱、爱名、爱利，爱上流社会的糜烂、爱名流富豪的虚假的"病态名利迷恋者"；实际上我知道，他真正爱的，其实是那一个一直被他禁锢在内心最黝黯的角落的，曾经在少年时经历过三次精神崩溃的他自己。并且很少人知道，他因为打从八岁开始身上就长有一种久治不好的皮肤病，导致他因身上的色素慢慢流失，整个人看起来苍白、孱弱、病态，所以他不得不经常更换生气蓬勃的假发的颜色来转移大家对他样貌怪异而生起的注意力——这也是为什么，安迪·沃霍尔的作品，总是以最强悍最泼辣的颜色来反击命运对他的诸般作弄。

这恐怕也是为什么，因为自卑不停地发酵，因为时时刻刻的自我保护，所以安迪·沃霍尔必须把自己锤炼成招人厌恶的自大狂，然后顺势断绝和外界建立起任何和温柔相关的联系。

我从来没有见过一个比安迪·沃霍尔更苛刻、更残酷地谋害自己任何一丝感情可能的同志。我认识的同志们，除了可以为了爱情水里来火里去，更可以为了爱情水漫金山，在爱情面前，他们的背脊挺得比异性恋者更挺拔更坚毅更刚硬。光是捍卫爱情这一环，安迪·沃霍尔就一点都不波普，一点都不前卫，一点都不纽约。他害怕因为爱情而折损了他的艺术生命，所以宁可先将自己的感情线给阉割，然后自我压抑、自我逃避、自我否定，谁也不会相信。这个将罐头浓汤和可口可乐变成商业艺术的"波普教皇"，竟是那么地害怕被纽约上流社会排挤，害怕被流行风向淘汰，害怕被艺术评论家质疑他作品里的艺术含量，导致他几乎惶惶不得终日地生活在纸醉金迷的迷惘和浮华当中。

而且我是那么地惊讶，难得遇上一个不需要上恶名和艳名同样昭彰的"54俱乐部"打卡亮相，并且在派对上沉沦下去的夜晚，他基本上根本没有办法一个人独处。如果被逼必须一个人消磨一整个晚上的时光，他通常会一口气扭开四台电视机，让四台电视机同时播放不同性质的节目，利用电视机发射出来的声量，一点一滴地抵消他漫无边境的寂寞，因为寂寞，在纽约是件很可耻的事，尤其他是安迪·沃霍尔。

越是孤独的人,内心越是车水马龙

不晓得为什么,每每提起安迪,我老觉得安迪其实是个再普通不过的名字,但幸好"沃霍尔"不是。"沃霍尔"虽然没有特别的字义,但我喜欢这名字叫起来有种节日的喜庆气氛,替安迪这个人添了点蓬勃的朝气,让他不至于看上去老像个孤独的郁郁寡欢的吸血殭尸。

而如果安迪不"沃霍尔",我实在无从知晓,波普艺术会不会降世?我们会不会在安迪·沃霍尔惊世骇俗的先锋精神不断地被借尸还魂之下,遗憾自己竟没有赶得上纽约最颓废、最拜金,但也最美丽的六十年代?

安迪·沃霍尔相信,只有金钱,才可以换来尊严,他痛恨支票,喜欢身上有很多很多的钞票,而身上有了钞票,他就一定要在上床前把钞票花掉,有时候真的花不完,他就爬起身搭计程车到药妆店让店员延迟营业,好让他把他要买的东西买完,而他最常买的,不过是粉红色的有机牙膏——

而且安迪·沃霍尔是一个宁可买一大堆鞋垫也不愿意买一颗古董珠宝店里四十年代钻石珠宝的艺术家,特别是当店员告诉他"先生这款设计好,这胸针有四十年代的环黄金钻石,钻石代表永恒",他一听就拉起男伴的手掉头就走,他和其他艺术家不一样,他对"永恒"这两个字特别反感:"永恒是什么?"因此他从不强调他的作品会流芳百世、会永恒地被珍藏,他十分清楚,他的作品过了三年其实就没有了价值,也没有了兴风作浪的本事。

他知道他不是毕加索,毕加索一生中创作了四千幅的

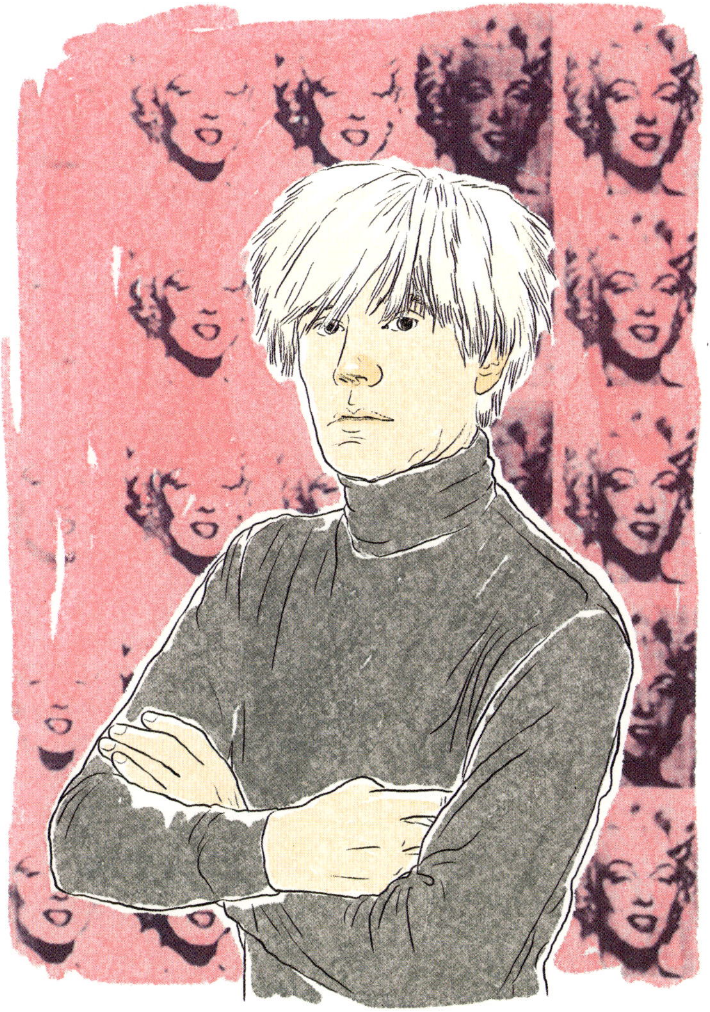

画，这数目安迪·沃霍尔说他八个月基本上就可以达到了，而且因为安迪·沃霍尔绘画靠的是直觉，尺寸对了，颜色抓准了，他就马上开始，很少花时间在构思，"如果你不去思考，它出来的就对了"，一旦你必须停下来去决定去抉择，它其实已经不对了，你必须决定的东西越多，它出现的错误就越大，就好像最好的爱情，就是你不需要特别去设计和经营的爱情，而人生何尝不是这样？时间就是最好的剧情，它一定会在最后一分钟，在你闭上眼睛那一刻，让一切真相大白。

我差点忘了，我很喜欢安迪·沃霍尔说过的一句话，听起来虽有点灰暗，但比所有空洞的诗歌都来得写实，他说："我从来不会崩溃瓦解，因为我从来就不曾完好无缺。"

我很疑惑，一个人到底要经历过多少次命运的迎面痛击，才会闷声不响地默认自己的人生是一个写坏了的脚本？但作为领衔主演自己人生的专业演员，你会发现安迪·沃霍尔总是比谁都落力地背熟生命度身为他订造的对白，在适当的时候，云淡风轻地说给自己听。

生命的闹剧和悲剧，其实都是一样的，我们总得花上很长的时间才学会下来，可一旦学会了就永远不会忘记。安迪·沃霍尔小时候常常生病，每一次生病，他就当作是中场休息，躺在床上绘图填色画画，打发生命额外给他留下的降魔时刻。而际遇起起落落落，我们谁的生命当中不也经过许许多多趟的中场休息？总要到最后的最后，我们才渐渐地恍然大悟，实在没有必要白费力气对生命斤斤计较。

不知道为什么，我其实比较喜欢忍辱负重的艺术家，比如凡·高，比如倪瓒。可惜安迪·沃霍尔不是。他的人生过得比谁都灯红酒绿，他的作品也比谁都高调而聒噪，单是看看他选择泼上去的颜色就知道了，几乎每一个颜色都特别地喧哗而热闹。我常常觉得，越是孤独的人，他们的内心越是车水马龙，有着一大片不被看见的繁华盛世。但安迪·沃霍尔刚巧相反，他不懂得让自己安静下来基本上就是一种本事。

最奇怪的是，安迪·沃霍尔喜欢和所有时髦的纽约人一样，兴高采烈地在戏院门口排队买票，兴高采烈地排队等着进场，并且把排队当作是一件时髦的事。可是他生平最不喜欢的偏偏是旅行，觉得旅行太匆忙太仓促，他宁可躲在自己的房间里和闺蜜们一口气通十八通的电话，然后慢慢地将自己的头发从金色漂染成白色，再从白色漂染成灰色，因为他觉得灰色的头发比较有正能量，比较能够招架得住隔天必须和他一起演戏的伊丽莎白·泰勒。他说，除非你希望生活就像电影一样虚幻地在你面前流过，那么旅行一定会如你所愿。更何况，安迪·沃霍尔太了解他自己，如果旅程中的其中一天没有办法让他看到美国电视剧，他肯定会马上歇斯底里地疯掉，只有纽约，才是他永远的启程和抵达的目的地。

在某一个程度上，我常常觉得，我是不是应该把安迪·沃霍尔介绍成一个理智得近乎冷酷的人才合适？他曾经说过，如果他是一台录音机，那么他身上肯定只有一个按键——消除键。他喜欢累积名气、财富和人脉，但他特别抗拒累积回忆。这一点我倒是认同的，有时候，过于灵光的记忆力，只会让你未来的人生更加沮丧更加乏力，因为你往后只有不断地失去所有美好的，却换回所有腐烂和败坏的，包括爱情、梦想和躯体。

甚至于关乎死亡，安迪·沃霍尔也看得意料之外地透彻，而这让我突然联想起周润发说过的，如果他有一天不在了，他就会把他拥有的一切裸捐出去，什么都不要留下。但周润发的裸捐主要是施赠，让贫困和短缺的人们受益，而安迪·沃霍尔不是。他一直坚持离开这个世界的时候，他不想留下任何的剩余物，包括他自己，因为他觉得自己的尸骸，到头来不过是累赘的剩余物，包括他所有的作品也是。他特别向往的是，如果可以选择，能够走进一束光然后就彻底让自己消失掉会是一件多么美丽的事？可惜的是，他所期待的并没有发生，我们从来都没有放过安迪·沃霍尔的意思。

尤其是咱们谁会忘记安迪·沃霍尔曾经说过的呢："不要太好出风头，但偶尔要让别人知道你的存在。"我听了顿时"咦"了一声，这不正是摆明在说沉迷耽溺于社交媒体的我们吗？当然还有一句，也是安迪·沃霍尔说的："在未来，每个人都能成名十五分钟。"但这一句"十五分钟论"，他只说对了一半，现在的我们，在脸书，在推特，在"隐私塔"，谁不是爬山涉水、机关算尽、竭尽所能地让自己每一天至少洗版十五分钟？而实际上，十五分钟未免太短，我们的虚荣心已经被社交媒体喂养得必须全天候活在全世界的关注之下才会开心。

间中也有一些时候吧，我会被安迪·沃霍尔接待生活的热忱所感动，他尖酸的风趣和刻薄的幽默感，看起来像一种生活技能多过像一种天性。我特别高兴的是，安迪·沃霍尔竟然和我一样，对香水一直有一种带点病态的情意结，他坦白承认，他每一次受邀参加朋友们的家庭派对，一定会克制不住自己潜入别人家的浴室，看看有些什么牌子的香氛和古龙水，然后偷偷喷一些在身上，并且十分享受会不会在别人家的浴室和他曾经深爱过却又半途走失的香水重逢的刺激感。

回忆太琐碎，值得在回忆里让自己来回煎熬的人与事本来就不多，我很同意安迪·沃霍尔所说的，嗅觉的记忆不会产生副作用，就好像肤色越浅的人，越适合涂用味道越淡的香水，是一种干净利落而又温润如玉的怀旧方式。我曾经在香港文华酒店看过"安迪·沃霍尔在中国"摄影展，当时印象最震撼的就是安迪·沃霍尔穿着军绿色的外套顶着一头白发站在红色的天安门前拍下的一张照片，那一抹绿和那一丛红，以及那一脸茫茫然不知所措的神情，已经轰轰烈烈地记录下安迪·沃霍尔"永恒的十五分钟"。

保罗·史密斯

Sir Paul Smith

穿着红色袜子骑在单车上的英国爵士

　　穿过伦敦萨维尔街（Savile Row）去见保罗·史密斯，在场景的铺陈上，那味道就对了。谁不晓得英国男人板起脸孔穿上正装，那一脸的道貌岸然和那一身的一丝不苟，都是拜萨维尔街老派的定制西装老师傅们调教出来的？

　　而六月的伦敦，依然不改阴晴不定的个性，我沿着气派雍容的老房子标明的建筑年号，一路小心翼翼地拐弯抹角、边走边寻，仿佛就快要追溯到中世纪去了，终于找到了气派古旧典雅、原身是一家艺廊的展示厅，而就连站在门口迎宾的门房，个个色如春晓，穿着笔挺的三件式全黑西装，帅气得随时可以登上 GQ 时尚大片——我指了指门前竖起来的那幅色彩缤纷的直码艺术家条纹海报，Paul Smith？结果那眼珠子比希腊的海洋还要蓝的门房，调皮地眨了眨眼睛指正，对，但不是 Paul Smith，是 Sir Paul Smith。可见他们对爵士勋衔的敬重，是从小就被训练下来，半点也马虎不得。

　　而我第一次被保罗·史密斯惊艳，是他脚上的那双红色袜子，照片上的他发长过耳，灰褐色的发量出奇丰厚，表情看上去有点严肃，像个习惯思考的科学家多过设计师——偏偏他套在脚底下的袜子出卖了他。他穿着天安门红的袜子，皮鞋擦得贼亮贼亮的，颈上还绕了一条芥末黄的围巾，正威风凛凛地骑在单车上，发尾微微被风扬起，而漾在他身上的阳光，亮度刚刚好。也因此，相较于一出场背后就暗暗扬起暗黑哥特风的艾迪·斯理曼，或者一出手就把玩世不恭的高街时尚巧妙地卷进殿堂级时尚名牌的维吉尔·阿布洛，我特别高兴在保罗·史密斯风和日丽的设计里，看见他像个顽皮又好玩的孩子，将表现主义的梦幻色彩，把玩得兴味盎然，而且轻巧地开辟出男装风潮令人赏心悦目的玩味性，实在值得让总是渴求在品味上独树一帜的摩登绅士，一路追捕一路随从，好让他们的衣柜一打开来，就有扑鼻的后花园芳香。

尤其是，我到底也是个偶尔会读上几行诗的人，如果男人可以因为波德莱尔的一首诗而改变他的一生，那么男人更一样可以理直气壮地，为了保罗·史密斯的一套西装一件衬衫或一双鞋子一个手袋而扭转他原本意兴阑珊的下半生——诗人有权利不去解释他的诗歌，时装设计师亦同样地可以拒绝为他的设计公开解读。而听说年轻的时候也爱写几首诗的保罗·史密斯，很多时候，他的设计给我的感觉就好像是一首丝绒般特别光滑特别明亮的诗，十分讲究音律和节奏，并且对于男士服饰上的细节描写，仿佛随身带着坐在戏院包厢里观看歌剧时使用的小型望远镜般，检视得特别认真特别仔细，无论是从时尚感或真实性切入，他在意象的营造和实践上，都同样地生气蓬勃，也都同样地细腻明媚。

最让我刮目相看的是，保罗·史密斯从来就不擅长给自己制造所谓名牌设计师应该散发的高深莫测的神秘氛围。他其实更像个手腕圆滑、眉眼伶俐、头脑精明，但又不失心意恳切，以美学技能谋生的匠人。第一次见他，明明见他正忙着给其他欧洲国家的时尚媒体温习一遍新一季设计概念，但他还是可以在百忙之中抬起头，递上一个温善的眼神，先将我给安顿下来，然后在正式引荐之后，头一句话就是促狭地瞄了一眼我周身的黑："不行不行，那怎么行，你还这么年轻，不应该穿得这么沉闷这么素。"而我当下确实给逗乐了，因为太久没有被这么样明目张胆地恭维过，虽然知道这纯粹只是一句场面话，但因为他是保罗·史密斯，我倒是十分乐意享受他揽在我肩膀上的手掌，力道适度地在拍照的时候紧了一紧，表示出他真心想交个朋友的诚意。通过十七分钟的交谈，年过七旬的保罗·史密斯十分坚持，在他的概念当中，"老"是一个错别字，必须立刻被谨慎而严厉地订正。而时尚是什么？时尚本身就是件铤而走险的事，必须不断蛮横地和哗众取宠的潮流角力，也必须不断亲昵地和意态风流的创意串谋，才能如期交出一年两场大秀所展示的数百件新装。

而我没有记错的是，纵然举案齐眉，保罗·史密斯终究还是有着他的意难平。他好几次用双手搓着脸感叹，如果命运待他厚道一些，他也许就成了史上最有时尚触觉的奥林匹克单车手了。他甚至笑着说，瞧，我都七十好几了，可到现在还没有一种单车花式可以难得倒我。如果不是因为年少时的一场车祸，差点把他的命都给丢了，以致后来有好长一阵子几乎把腿伤得连路都没有办法好好走，他这才认了命，把企望成为一名风驰电掣的职业单车手的第一志愿给搁置下来——

而这也是为什么，每次到不同的城市办秀，他总是喜欢穿上西装，结上领带，有时候甚至还绕了一圈鲜色的颈巾，抽空在他第一次探访的城市，开心地踩上几圈单车。这其实就好像有些设计师习惯用米其林餐厅或名人聚集的火红夜店去记认一座城市，保罗·史密斯则完全省略这一层矜贵的矫情，他会试探有没有可能帮他弄一辆共享单车，然后他就会像个孩子似的，欢天喜地踩着单车到他爱看的景点去逛，去蹭几顿当地的小食，以及去重温他那一直都没有被遗弃的，但也没有办法被圆满的初衷。

至于对保罗·史密斯的设计师品格有着决定性意义的，

是他圆融如春天的亲和力。他异常重视顾客们的感受，而且他卖的，不是设计师和粉丝之间的距离感，而是对时尚的愉悦体验。偶尔听英国朋友提起，要见保罗·史密斯不难，只要他人在英国，就会不定期在周六"快闪"，出现在诺丁山（Notting Hill）的专卖店，神清气爽地向顾客们问好，然后一手端着黑咖啡，一边和顾客们坐下来，像个亲切而客气的邻居，一起诅咒英国天气，一起痛骂世界经济。

我常在想，史密斯爵士真正的设计意图是什么呢？他的野心恐怕从来没有膨胀到希望有朝一日可以把自己的名字发展成一个垄断市场的时尚集团，而他的设计的意义，其实和本雅明的书写原意有太多的相似：他们都不过分在意创作模式，他们也不激烈标示个人风格；本雅明用句子和段落传达他的哲学理论，而保罗·史密斯则习惯把自己的体验作为思考内容，并且通过他的设计隐喻，建构成他品牌里头的寓言世界——比如一只蹦跳的兔子，比如缤纷的重叠的愉悦的色彩，比如将丝缎混进羊毛里，然后聚合出一个精神的整体，对时装的未来做出最大胆的展望，在打破设计常规、转换创意思维的同时，保罗·史密斯向来让人神往的内核精神却丝毫不被动摇。我喜欢保罗·史密斯的设计，部分缘由是因为他不屑在设计上故弄玄虚，常常一高兴就把五颜六色朝天扬开来，有一种活泼泼的喜气，让殿堂底下追随他的人，即便面临旧时代时尚帝国即将崩盘，还是可以感应得到他所释放的不单单只是华丽而已。

另外，保罗·史密斯是个懂得尊重爱情的男人，他在某种程度上特别依赖妻子，而且妻子对他的庇护和付出，更是让人感动。她不但是保罗·史密斯的裁缝师，也是他的绘版师，刚刚创业的时候，她一笔一画，仔细地为保罗·史密斯设计手稿；而这个毕业自英国画家艺术学院、喜欢摇滚乐的女人，如果不是因为爱，她应该不会耽误自己的未来而一直选择躲到保罗·史密斯身后；因此保罗·史密斯老是打趣，他的妻子有个摇滚巨星的名字，叫作保利娜·德尼尔（Pauline Denyer），将她摆在自己身边着实是委屈她了，她其实应该是颗闪亮的摇滚巨星。

后来听说，原来保罗·史密斯的摇滚品味很英伦，他喜欢鲍勃·迪伦，喜欢大卫·鲍伊，也喜欢帕蒂·史密斯，都是背后的故事随手抓一把就能够拍成自传电影的歌手，他尤其喜欢徐徐地像对朋友倾诉生活上的麻烦事和快乐时刻的蓝调爵士。有一次苹果品牌找上他，希望可以和他合作一个项目"时装品牌和苹果音乐专属频道"，他听了就很高兴地一边把香烟灭了一边追问："你们的意思是会把我和我喜欢的歌手摆在一起吗？"完全忘记了他本身就是英国国宝级时装设计大师，反而迫不及待地让自己回到一个粉丝的位置上，把那种说不清楚的快乐再重温一遍——重温当他还是骑在单车上的少年，梦想很嫩也很真的那个时候，忧愁是远的，是远得挂在树梢上可以装作看不见的；而快乐是近的，是近得握在冒汗的手心里等待塞给昨天才喜欢上的那个女孩的。

辑二 浮

阿城

A Cheng

无问西东话阿城

阿城经常偏头痛。偏头痛的痛，是个你实在拿它没辙，并且要命地固执的一种痛。阿城向来都是左边的头颅仿佛被轰炸机对准着开枪扫射似的痛，而右边则往往一片山明水秀，益发显得左侧的头特别地痛。但医生每次都告诉阿城"偏头痛是一种幻觉，吃些阿司匹林吧，如果你觉得有帮助的话"，十分客气地表明态度，不打算对阿城的偏头痛做任何更进一步的治疗。

而阿城的偏头痛已经痛了二十多年了，先前有一阵子奇迹似的暂时不痛了，阿城却突然觉得日子有点儿慌了，忍不住想要它狠狠地再痛一次，因为只有这样，才能牢牢记住偏头痛痛起来是怎么样一种痛不欲生的感觉，也才能分辨得出偏头痛不发作的时候，原来生活竟可以如此轻盈曼妙。只可惜那痛，最后还是痛回来了——并且依然是左侧隐隐作痛，也因此令阿城特别懊恼，他说，如果下辈子头还痛的话，能不能换换右边痛，因为左边都已经快痛上一辈子了。

所以我风风火火，真正喜欢上阿城是从他的偏头痛开始的——我特别着迷的是，从阿城文字里爆裂开来，朴实而饱满的世俗之气，几乎他写的每一个场景、每一段对话，都可以让他的好朋友"老谋子"拍进电影里去。就好像第一次读阿城的《棋王·树王·孩子王》，当场瞠目结舌、如遭电击，咬定他这一趟横空出世，根本就是将一把火掷进中国小说的树林，让它烧成焦芭，以致往后好长一段日子，都没能再长得如此繁密茂盛。到后来吧，我干脆将他写的《威尼斯日记》，反反复复、来来回回地读，并且久读之下，读成了我自己的日记，往往稿子写得不甚顺心的时候，总要找出来翻上几页，方才略微提得住气往前写下去。

而阿城的文字，终究少了董桥的清贵，相对之下也就少了过分斟酌的娇气，以及过度华丽的压迫之感。董桥说，他的每一篇稿件，至少要修个七八遍才放心寄出去；但阿城不同，阿城老是调皮地说，好文章实在不必好句子连着好句子一路好下去，中间总得穿插一些傻傻笨笨，或偶尔不太通顺的句子，这样子才能让突然灵光一现的好句子震动整篇文章，阿城说——太过雕栏玉砌的文字，有时候还真让人读得有点不耐烦。

可见阿城不是董桥，也幸好阿城不是董桥。董桥来的时候，满城尽摆"董公"驾，那些平素深居简出的读书人，突然都倾巢而出，说是瞻仰董公的老英国绅士风派也罢，说是沾沾自喜，以南洋华裔既神秘又暧昧的身份凑一份文化兴头也罢，着实热热闹闹了好几天。但董桥最犀利的魅力，到底是在他的字里行间，连他自己也说"把作家架到台上去演讲是件很残忍的事"，言下之意，作家还是应当老老实实躲在书房里，适当地与世隔绝，适当地对高科技不领情才是正经。

但这话搁到阿城头上，却恐怕不能成立——阿城要命地健谈，从修复明清家具、组装老爷跑车、专司钢琴调音，到浸泡黄豆磨浆，他都能兵来将挡、水来土掩，意犹未尽地侃侃而谈；一般该懂和不该懂的，他都懂；他连伸对筷子探进锅里夹块颤巍巍的红烧猪肉送进嘴里，都能信口说出一大篇《红楼梦》的豪门夜宴和《水浒传》的荒人野食，而且他到今天还嘲讽，英国人老认为当面品评食物的味道是件很不绅士很没有品德的事，所以英国的食物才会一路难吃到现在，甚至还会一路难吃到将来——难怪连王朔都说，阿城不是人，他是精。北京每几十年就会把一个人养成精，而最近这几十年，阿城就是这一个精。

这恐怕是真的。阿城什么都精。他懂歌剧，一说到哪儿有歌剧公演，他马上披衣而起，一手抓起香烟钱包门匙，夺门而出。我记得他写过，年轻时候在北京，遇上帕瓦罗蒂难得到北京演出，他手里紧紧捏着几张腌臜的钞票，在场外转来转去，终于给他抢到一张八十块钱的黑市票，乐得跟什么似的，飞奔进场，完全忘记了那可是他当时赊下来的三个月的工资。后来他到威尼斯，住在"火鸟"歌剧院后面的旅馆，下午可以听到乐师调琴和歌手练唱，霎时之间他好像被回忆兜面挥上一拳，千百般滋味，都一起涌上心头。后来我到威尼斯，住到一家一推开窗户就见到一条窄河在底下娓娓荡开来的旅馆，午间睡饱了出门，穿过一条又一条的石桥寻幽探秘，然后也在错综复杂的巷道里竖起耳朵，一心以为可以听见阿城说的，女中音总爱把声线故意压低来练唱的声音，因为她们特别享受在演出现场突然把声音放开飙高时全场掌声如雷几近暴动的

虚荣心。

如果说我对木心是倾之于心，那我对阿城绝对是倾之于情，因为木心的文字是一种境界，而阿城的文字则是一幅实景，是可以拍进电影里头，也可以顺手推门走进去，有一种扑面而来的、灶房里的火塘正噼里啪啦烧着柴炭的人间烟火气——我特别倾情于阿城身上生猛的生活气息，和人文没啥关系，就只是通世俗接地气，也许正因为他不是董桥，不见得乐意一生都耽溺于淘古书收字画，所以我尤其记得阿城形容过他自己，只要吃得饱，他到哪都可以安身立命，把日子活得花样百出，不骄不矜不遛心机，跟谁都能混到一堆儿去，常常和山南水北的朋友们，一碰面就把酒糟鼻子喝得通红通红的。

　　就连出了名不好相宜的陈丹青，也跟他交情匪浅，而除了懂电影懂摄影，音乐阿城也是懂得的。有一年陈丹青到加州去，住到了阿城家里，午后睡了很酣的一觉醒来，听见屋子里有颗粒分明的钢琴声叮叮咚咚，循着琴音寻过去，才发现原来是阿城在隔壁房间听柴可夫斯基，结果连陈丹青也很惊讶，原来阿城听音乐的品味这么地雅，并且又雅得这么地不事张扬。后来阿城还把那片音碟送了给陈丹青，因为他刚巧给自己买了另一片，他告诉陈丹青，听到喜欢的音乐，他会打冷战、会起冷痱子；这点和姜文很像，姜文也会这样，听到某段喜欢的音乐，会起鸡皮疙瘩，会连激素都蹿上来，而且体内的分泌开始有了变化，所以姜文每次拍戏，都一定要找到和那戏对得上的音乐，好让他紧紧咬住那种感觉，把戏连绵跌宕地拍下去。

　　实际上中国小说家很多都是说故事的高手，都懂得怎么把故事一方面说得翻江倒海，一方面说得穿肠破肚，而读阿城读得特别畅快的地方是，他太明白要把小说写得好，首先要结结实实地捋起衣袖把生活过得好，所以阿城写的故事淡而深沉，在大乱中藏着小静，也深谙在混乱与荒谬的时局当中，二话不说，就率先埋下头在文字上给大伙栽上满满一秧池的希望——我唯一对阿城皱眉头的是，他可以奋不顾身替侯孝贤的《刺客聂隐娘》写剧本，前后易稿易了卅七次，甚至早期还可以为侯孝贤拍的《海上花》当美术指导，书写产量却离奇地精罕，一字千金，即便千金也未必肯写。

早前，有人误把阿城当作木心的入门弟子，阿城知道了，据说还专门写了一篇措辞委婉的文字去申明原委，倒是叫我读了禁不住莞然一笑，猜测阿城一是不想叨木心的光，二是不想因为叨了木心的光而灭掉自己原有的光。赏识一个人的文字，和复制一个人的文字，终究是两回事。他只肯说，他是因木心惊为天人的文采和学养而相识，随即将木心的书复印下来寄给朋友，那时候阿城还记得，美国复印店收的是两毫五美金一页呐，他的那个慷慨劲儿，终究其实，不过是对文字有一种传教士式的固执和虔诚。

此外，阿城是饿过来的人，那些没吃过饥饿的苦的，实在没有办法想象阿城让人惊艳的厨艺天分和美食根基，都是挨饿的时候凭空想象出来的。阿城写过，为了招待朋友，在威尼斯他偶尔也会做菜，因为岛上唯一的中餐馆，那菜式之敷衍，以及那厨艺之狼狈，常常让稍微懂得中国菜的人苦笑着咽下去。所以有朋友来看阿城，他兴致一高，就会做汤面和豆腐请大家吃，而且那招式一点也不马虎，威尼斯虽然没有香油和冬菜，可他还是有办法用橄榄油作汤底，做出一碗似模似样的阳春汤面，并且还切了几片培根铺在锅底煎豆腐，虽然豆腐常常煎出来有点太硬了，可只要在上面浇点意大利人爱吃的番茄酱，那些洋客人们还是吃得鼻子冒汗、啧啧称赞。我不擅厨事，但也知道写文章某程度上和做菜相似，要懂得就地取材，更要懂得随"材"应变，这样章法才能曲折奇特，也才能在俭朴之中，起得铺张，收得干净，功艺毕露。

顾城

Gu Cheng

可惜顾城不跳舞

可惜顾城不跳舞，要不然我猜，他一定会把他的诗歌吟诵，安排在一排排墓碑整齐而肃穆的墓园里——

而第一次读顾城和每一次读顾城，顾城老是给我一种感觉：他和死亡靠得很近很近，近得可以听见彼此的呼吸，也近得让人吃惊，原来他一直和死亡保持着这么友好的关系。尤其是，他的诗就好像丢空在荒原的一栋没有烟囱的屋子，终日笼罩在薄薄的、靛蓝色的雾里，朦朦胧胧，但质地通透、光感迤逦，很纯净，但也很神秘，用他那孩子一样的语调和视线，悄悄刺穿这个世界的另一个面向。

曾经我对一位写诗的朋友说，诗人属灵，顾城其实是一名巫师，他只要在诗句里撒下几颗谷米，就可以把我们所有破灭掉的回忆统统召唤回来。并且我和顾城一样相信，所有如骗局一样让人着迷的人生际遇，以及所有如蜜糖一样黏稠但荒唐的远大梦想，到最后，死亡只需要抿着嘴巴，用一条冷漠的破折号，就足以击垮你翻山越岭、横冲直撞，穷尽一生为自己搜集的人生印记。

实际上，我并没有特别水深火热地喜欢顾城的诗句，我喜欢的，是他那没有段落的、不经铺陈、随时飞出一个即兴的句子的人生，以及在他的诗里面侧着身，像穿越一座狭窄的森林墓园那样，穿越自己和自己过不去的过去。当然，最后顾城以那么暴烈的方式向全世界还原爱的真面目，终究还是不被鼓励的。从他往谢烨身上挥过去的斧头，到他往自己颈项套上去的绳索，顾城的爱，已经不单单是占有，而是在毁灭中同归于尽。还好顾城是幸运的，他所处的时代，在很多层面上，西方人对东方人的复杂心理和绝烈情感，已经培养出比较和善的同理心。顾城的爸爸顾工也是个诗人，接近二十年后提起旧事，只是颓然地说了一句："那时候在新西兰大家都不认识谁是顾城，事情的真相也没有谁特别好奇去追究。"——如果换作是今天，我很相信，社交媒体上的翻腾和渲染，显然会将顾城和谢烨残暴地用各自的手法再杀死一次。

然而结局再怎么样都好，我念念不忘的是北岛提起过的顾城，说他是个胆小的动物，在陌生人面前，常常怕生怕得嘴唇泛白。有一次北岛在北京的住所招呼朋友吃饭，大家挤在小小的厨房里包饺子，留下顾城和北岛新结识的朋友坐在小小的沙发上说话，顾城难得地口若悬河，大谈他读过的《昆虫记》，但就是只字不提他自己写过的诗，而顾城的妻子谢烨一边包着饺子，一边赞许地望着顾城，眼眶里满满的都是沸腾着的爱，几乎把饺子投到她眼里就可以煮熟了。而另外一个真正疼爱顾城的人，是北岛。后来辞退了漂泊的北岛终于在香港安定下来，有一次王安忆去他家做客，他指着墙上挂着一幅字问王安忆，猜不猜得着是谁写的，王安忆看着那力透纸背的"鱼乐"两个字，怎么也猜不到，后来北岛轻轻地说："顾城。"

很多时候回顾顾城，都实实在在地觉得，他的确是少数长得特别好看的诗人，眉毛厚厚憨憨的，眼神永远定格在他望着你的那一瞬、那一刻，看上去就和他写的诗一样，可以一眼穿透，完全不藏机心，多么难得地清澈，又多么难得地有着一种线条晴朗的温和。因此我偶尔想起顾城，总是先想起他欢天喜地地戴着他最喜欢的，造型古怪，仿佛从旧牛仔裤的裤腿裁剪下来，牧羊人才会戴的烟囱似的布帽子，在新西兰绿草如茵的激流岛上，和他心爱的孩子木耳，一起奔跑、一起嬉闹、一起追逐，笑容干净得就像个孩子，很招人疼。虽然在身型上，他难免还是吃了点身为东方人的亏，长得有点矮小，而且过于纤细，也太过孱弱，因此我难免遗憾，如果张国荣不是离开得早，顾城要是再拍成传，他绝对是唯一可以在银幕上行云流水，让顾城尸骨还原地再活上一次的人。张国荣虽曾推辞过演出顾城的邀请，但他应该没有办法不承认，在他俩身上，都闪烁着心照不宣的自我毁灭的灵气美。尤其是顾城原来还挺喜欢拍照的，在他那个用照片复刻岁月的时代，顾城被冲印在每张照片上的神情，都灿若明星，都自负得像个"骑马倚斜桥，满楼红袖招"的少年，他的人生虽然仓促，但他留下的遗憾，其实比许多人的圆满更完整。

　　我记得顾城写过，他和谢烨在新西兰住的地方是一座小小的红色的木房子，四周空旷，常常风大得可以把屋外晾着的衣服和棉被都卷走，并且人烟罕及，顾城和谢烨不在了之后，红房子恐怕也已经被茂密的树林子给淹没了。我记得他们当时的日子过得很穷很穷，顾城更因为饥饿而长期处在动不动就惊慌失措的状态当中，甚至爱钻进树林里锲而不舍地到处寻找可以充饥的果树，甚至还因为误食来历不明的野果而中毒。有一两次难得有机会让朋友请上

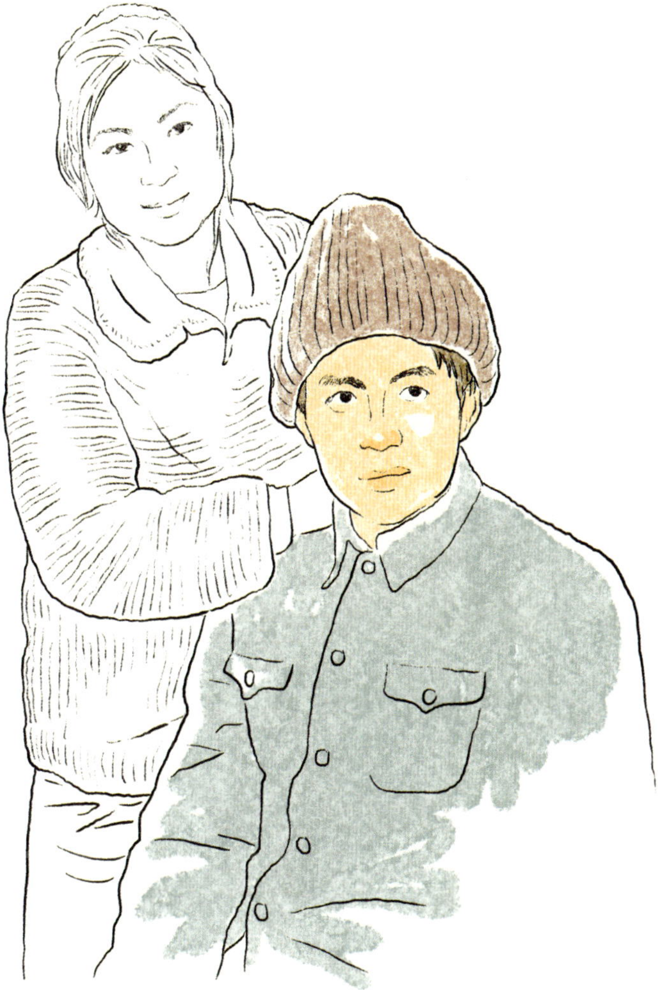

一顿饭，他总是拼了命似的让自己吃得很饱很饱，可以吃完正餐之后，再一口气吃上七块蛋糕而面不改色，因为他实在不知道，他的下一顿饭会在哪里，他并不介意把自己的身份从一名诗人退化成一只动物，马不停蹄地为自己的胃囊囤积粮食。

当日子越过越艰难，感情也就变得越来越奢侈，所有的爱与情，也都渐渐地入不敷出，疲态尽露。顾城在新西兰的最后一个冬天，听说依旧买不起木材，都是用纸张生火驱寒。至于那所小小的红色的木房子，感觉上就和顾城一样，怅怅惘惘的，就只开上一个窗口，窗口里面的世界有时候很大、有时候又很小，并且都强烈地指向顾城深不见底的内心。顾城是个诗人，诗人最强大的地方，就是可以驾驭最浩瀚的孤独感，顾城显然也是。他喜欢干净而庄严的设计，他虽然无时无刻不对生命表示怀疑，但他对物体的美，比如一颗蘑菇、一把斧头、一截树枝、一线冬阳，却怀着绝对的敬仰，他需要庄严的生活秩序和明亮的人生目的，来平衡他不想被节制的澎湃诗意——可惜在刁钻的命运面前，以及在控制不住的崩溃的情绪底下，他穷得买不起任何祭品来向上天借贷一小段卑微而原始的静好岁月，也穷得只剩下等待被杀死的他自己，以及一场他自己没有办法参与的，顾城的葬礼。

北岛

Bei Dao

如果你是条船就请别靠岸

都说北岛长得高。长得高的男人,年轻的时候总是特别拘谨,长长的手脚,都不懂得该往哪儿藏才好,尤其是站在同学堆里,老显得自己成熟得太早。而恐怕要到很后来,北岛这才讪讪地明白下来,手长脚长,原来是为着给他方便,好让他往后不断地颠簸流亡,不断地在陌生的机场拉着行李箱疾步奔走的时候,可以比旁人稍稍走快两步,然后心里头七上八落的,和冷着脸久候在机场外边,准备接手他人生下一个章节,彼此素昧平生的命运碰头会面。实际上他基本的生活结构,根本就是建立在不可预期的出发和抵达之间,他一点都不会在意途经什么地方、朝向哪一个方向。

后来吧,听说北岛有好长、好长一阵子处于极度的焦虑与不安当中,不说话、不见人,眼神尽是一大片灰蒙蒙的遭受打击之后的屈膝与惊吓——中风之后,他的语言能力严重受损,医生跟他做了检验,说大概只保留了百分之三十。我可以想象,北岛那一张一直都郁郁寡欢的长长的脸,那时候看上去,会是多么地沮丧和绝望。而香港的作家朋友们,随后更热心地安排了语言学家给他进行另一次考试,出来的结果也十分不乐观。对于一个一辈子以文字闯荡江湖的人来说,不能够写字了,也就等于命运不留情面把他推到悬崖底下去了,虽然他还是强装幽默地说:"看来,好像就只有送披萨的工作适合我了。"

然后家人把纸笔递给他,希望他可以振作起来,就算草草写几个凑不成章的字句总也是好的。意外的是，北岛举起笔，墨汁轻巧地滴落在纸上，晕开来的墨点看上去意外地好看，竟因此让一个从来没有和画有过任何勾结的人，安安静静地坐下来，一点一滴、一色一笔，把埋在心井里的话，让线条开口替他说出来。好些时候，那些忧愁的聚散和依附，文字说不清楚的，落在画里头反而一目了然。因此即便后来身体恢复了，北岛也并没有把画给搁下来，一个习惯了漂泊的人，通常都会潜入字里和画里寻找安全感，北岛就曾斩钉截铁地说过："如果你是条船，漂泊就是你的命运，可别靠岸。"

而我喜欢北岛，不单纯因为他对顾城好，也不单纯因为他香港的住家到现在还静静地挂着一张顾城的字画不受时间打扰；而是他写的诗明明怎么样都没有可能比顾城写的剔透飞扬，也明明怎么样都写得太过掂斤估两，并且诗句里头的意象很多时候都太过窗明几净，没有所谓的"字"破天惊，但他在句子和句子的衔接之间，对文字所表现的毕恭毕敬，却始终是我喜欢的——特别是北岛的散文，那一份胸有成竹的"散"，不急不缓，把颠簸破碎的故事说得迢迢如春晓，总是有办法让读的人把走散了的心收回来，闲闲舒舒，把调弄文字的功架，在最不着眼的地方，轻轻地使上一点儿劲。

因此我读得最勤的其实是北岛的杂记——不要杂技，沉湎的、和气的杂记，读起来就像难得遇上久未碰面的老朋友，云淡淡风轻轻地跟你诉说他经历过的风苍雨茫，而你必须等到彼此拥抱道别之后，一个人把车开上高架公路，才敢让你的心疼冒上眼眶，然后一路开车一路发现，两旁的路灯怎么都一盏盏地歪歪曲曲起来？北岛某次对访问他的文学编辑说，散文再怎么说都比诗踏实，很多时候是对生活的重新体验，那些文章里的苦啊乐啊，其实并不那么重要，因为谁都得通过孤独的体验，才算完成最初阶的修行。而在漂泊和流亡之间交替行走的诗人，文字有时候就好像际遇，没有走到绝处，又怎么逢生？

因此我尤其喜欢北岛写巴黎蓬皮杜附近的威尼斯街七号，他在那里常常半夜给附近小酒吧的酒鬼大呼小叫地吵醒，然后一周三天，固定到附近的温州街买菜、买鱼面、买青岛啤酒，买一些唾手可得的价廉物美的乡愁，并且从他住的窗口把头往外一探，就可以看见当时蓬皮杜刚刚安装的巨大的电视荧幕。而巴黎——北岛说，那是他第一个被流放的城市，也是他一抵步就感觉特别乡愁扑鼻的城市，因为在他抵达巴黎之前，他对巴黎诡异的怀抱着的乡愁，其实已经枝丫茂盛，就只等着收成而已。就算贝聿铭离开了，圣母院失火了，但巴黎照旧巴黎，虽然北岛似乎不怎么喜欢贝老为卢浮宫设计的玻璃金字塔，觉得它有点儿浮夸。可作为一个不那么故作高深的人，我特别喜欢夜里站到玻璃金字塔投射出来的幽暗的蓝光底下，甚至有那么一次，我的幻听症又发作了，我仿佛听见玻璃金字塔内传来

杯盘和酒杯碰撞的声音,而且还认得出来,那应该是专为海明威而设的巴黎的流动的飨宴就将开席了。

另外还有纽约,北岛第一次从伦敦过纽约,夜里隔着东河昂起头观望曼哈顿的摩天大楼,灯火璀璨、景色堂皇,感觉纽约果真是纽约,气派实在非凡。结果第二天乘地铁进城,看见原形毕露的纽约,他差点没灰头土脸地被满街满巷的尿骚味熏得晕了过去,倒是卡在高楼大厦之间的纽约的月亮,即便就只看得见那半边儿脸,到底还是比张爱玲看到的三十年前的中国的月亮大得太多太多。而离开纽约回到北京之后,北岛最怀念的,是随时冒着滚滚热气的地下烟囱,以及二十四小时漫天价响的警笛声,他说,没有了它们，纽约也就不纽约了。

我老是猜想，作为一个专业的流浪者，北岛大抵是借着这一身份，圆满了他文字上欣欣向荣的孤寂感。依我的理解，孤寂和寂寞到底不同，寂寞还可以在必要的时候打醒精神和陌生人声色调情，但孤寂不行，孤寂只适合沉潜，并且目标一定要是深不见底的、灭了一切声音的海底。我想起北岛在布拉格和苏珊·桑塔格会面，晚饭之后，北岛建议两个惺惺相惜的人再去喝个两杯如何，苏珊答应了，然后一路走一路侧过头和北岛谈起她那读历史系的儿子，而北岛则把他在美国念书并且正面对青少年叛逆问题的女儿田田带进话题。这画面光是想象就觉得美。两个心事重重的写字的人，两个都是我真心喜爱的人，他们手里个别夹着越烧越短的香烟，然后一齐从酒吧望出去，看见布拉格的夜晚不断眨着眼睛和游客调情，但在他们的啤酒杯上泛开的泡沫里，其实有着太多他们对生命的无能为力，以及太多他们赶不及与对方相濡以沫的陌生人相遇。

苏珊·桑塔格说，她也很喜欢北岛的散文，说他文字的某个部分藏有很幽深的禅意。而我喜欢北岛的散文，是因为常常一读开来，就让我联想起客途异乡一张铺好的床褥，温暖而宽厚，可以包容路程上所有的战战兢兢和委曲求全。如果不是他的诗人形象太过招摇彰显，他其实早应该在莫言之前就凭他的散文夺走诺贝尔文学奖，因为他本来就是诺贝尔文学奖赔率榜上经常的上榜者，一直徘徊在热门排名的第十一位，甚至有好几次，据说比村上春树更获得某些评审的青睐。但生活从来不缺不圆满。北岛自己不是写过吗？"杯子碰到了一起，都是梦碎的声音。"所以北岛形容他自己，在人生的客途上，他是个经常魂不守舍、经常迷路的诗人，总是一次又一次押错了输赢的赌注，也总是一次又一次拐错了命运的出口。

我隐约记得，卡尔维诺说过，所谓的阅读，不过是迈向将要发生的事，它很可能是一件还没有呈现、尚未存在，甚至也还不确定会不会发生的事——但书写者却不一样，就好像北岛写他自己，是把发生过的事情和心情再消耗一次，读的人也许草率，也许敏锐，也许根本不屑一顾，对他来说，"字"过境迁，终究是过去了的事。而他不断地出席笔会，不断地参加诗歌朗诵会，不断地申请奖学金和支援金，更不断地希望可以赢得文学奖项，不过是希望利用奖金来稳定自己的经济状况——当我们总是借书写者写出来的和被发表的文字，去衡量另外一些不存在的事，无关物质，并且肉眼在表面上没有办法察觉，只能依靠想象去揣摩的世界的时候，其实，我们并不知道有些作者的书写，单纯是为了掰开手指头预算自己的生计和经济实力，看看有没有办法把妻小都接出来一起住而已。而这，其实就是所谓"诗与恶的距离"，在这距离中间，间隔着两颗居心叵测的开关引号，至于陷在开关引号里头的，可能是一座诺贝尔文学奖的殿堂，也可能是摇摇晃晃、朦朦胧胧，没有办法光明磊落地往前直走的一条虚线。

许广平

Xu Guangping

爱的苦行僧

老思量着把许广平再写一次。特别是岁月已经走到荒山野水的时候，触目的尽是疮痍的往事，许广平的爱情，掂在手心上，像一块阴山上的砺石，感觉格外地励志。可如果单纯地作为一个女人，许广平的人生啊经历啊，其实没有一样不是乏善可陈的，直至她的爱情第一现场出现了鲁迅，豁然变身为一个肯让鲁迅放下硬朗的身段，亲昵地称呼她为"我的小刺猬"的女人，她的人生立时三刻就姿色烂漫起来——

而作家的运命与生活，尤其是在鲁迅那个时代的作家，都是动荡浮沉，没有一日安定的。我总记得鲁迅气魄十足地说过，"横眉冷对千夫指，俯首甘为孺子牛"，到后来想仔细了，如果把这句话的格局收紧一些，鲁迅其实是因为带着他的学生许广平到上海同居而"冷对千夫指"，也着实因为疼爱中年得子的海婴而"甘为孺子牛"。偏偏爱情很奇怪，越是被干预和越是被针对的，到后来审美性和可感性就越强。

提起母亲为他订的婚事和娶进门的原配朱安，鲁迅几乎是连正眼也不看的，婚后第三天，就带着弟弟周作人飞去了日本，并且仅对好友许寿裳搁下一句："她是母亲给我的一件礼物，我只能好好供养她，但爱情是我所不知道的。"因此真正让鲁迅见识爱情的是许广平，并且是许广平教会了鲁迅对爱情的态度和做学问一样，必须不折不挠，必须刚正不阿，才能饱满精进。

尤其那个时候，民风是多么地保守，情爱是多么地脆弱，再怎么大方的百姓，也没有办法对这一段师生恋献上完整的祝福，也根本理解不来一段挑战伦理的爱情的可行性和必要性，是许广平的勇敢，激荡出这一段爱情的可能。那时在课堂上，她老是抬起纯洁但灼热的眼神，寸步不离地扣押在鲁迅身上，并且主动给鲁迅写信，甚至质问给她回信的鲁迅，为什么客套地称呼她为"先生"？她不喜欢这个称呼，她更不想两个人的关系落得如此生分。鲁迅从逃避、挣扎、忌讳，到最终决定豁出去用自己显赫的声誉去赌一记爱情的小甜小蜜，结果他狠狠赢回来的，是许广平刚烈如铁的"十年共艰危，甘苦两心知"。

　　当然爱情也是现实的。尤其是当两个人的爱情必须被端放在道德的化验桌上被检验和测试的时候。我特别欣赏许广平的安然自若，即便旁人都唾弃她蛮横地介入鲁迅的婚姻，她照样把腰板儿挺得直直的，脸上荡着一抹隐约的自得的笑，她不是因为知道自己胜券在握，而是因为她知道她做对了什么——所有被抓起来推出去然后让人们去批判的爱情，一定是其中有一个人将自己豁出去了，又或者是两个人都爱得太牢靠了，所以才会遭遇社会的阻挠和刁难。

　　许广平从来不把到头来也就只能够和鲁迅阴阴暗暗地同居而没有光光彩彩的名分当作一回事。当年和鲁迅在一起，也不是没遭受过好些个委屈，初初两人搬到上海同居，遇上有学生或学者上门拜访，鲁迅就会要求许广平不要到楼下来，有那么一两次闪避不及，鲁迅就告诉朋友说："她是我学生，过来和我一起做研究的。"甚至鲁迅难得把许广平带到杭州玩，晚上睡觉，鲁迅还执意把一名男学生叫来，让男学生睡在他们两人中间，以避闲言和耳目。并且，因为师生关系吧，许广平和鲁迅同居了十余年，始终还是放不下鲁迅是她的老师，在鲁迅面前，处处敬畏，事事慎行。而这样子也挺好，把一个特别值得敬仰的男人找来当成丈夫，日子很明显地也就更加相敬如宾了。

后来一直到海婴生了下来，许广平因为身子还弱，没办法起床替孩子洗浴，看见鲁迅不肯假手佣人，放下纸笔，撸起衣袖烧开了水，然后在一只小面盆里盛上过半的温水，一边小心翼翼地托着海婴的身体，亲自为孩子洗浴的那个时候，她就知道，作为一个女人，她至少做对了一件事：为自己争取到了爱与被爱。如果因为这份爱而终究需要赔上些什么，她心底从来没有不愿意也从来没有要退缩的，因此后来在最艰苦的受尽磨难的日子里回忆起这一幕，所有的苦，对许广平来说都是应当的，都是在所不辞的。

　　就好像鲁迅离世后，日军指她是抗日分子，写过抗日文字，也参与过抗日组织出版刊物，被日本军曹扣押进监牢，硬是要她供出同党与友朋的住处和名字，她说什么都宁死不从，不肯透露半点风声和半个名字。日军于是让她脱光衣服受尽凌辱，甚至还威胁着要把她赤身露体地丢到南京东路去，最后更动用电刑，让那股强势的电流从电线接到套在她手腕上的马蹄形铁圈，然后冲上脑神经，再窜遍全身，以致身上每一个细胞和大小神经都遭受到电的炙伤，通过血管，走进骨髓，全身痉挛，但她还是怎么都不肯抖出认识的盟友以及刊物的负责人——

　　而即便在监狱里整张脸被打肿了，大腿被马靴踢得结成硬块和瘀血，两只眼睛更青紫了一个多月，看上去犹如核桃一样的大小，许广平后来也只是淡淡地说："其实那痛苦还不至于难以忍受，只不过难看些罢了。"实在让人不得不钦佩她骨子里如果不是因为爱根本就支撑不下去的刚烈和坚毅。

　　受过电刑之后，许广平全身的骨节都在疼痛，她蹲在

囚笼的木栅栏内,想起鲁迅写的阿Q也曾被关进囚笼里,而当时鲁迅写这一幕写得这般真切的时候,又怎么会想到,在他死后,他心爱的人竟为了他而被囚在监狱里,和六七个男人被粗麻绳相连地缚绑着双手像傀儡一样牵着走?但最难熬的时候,许广平也从来没有想过"大不了用支断筷子刺穿自己的喉咙"。作为鲁迅的妻子,她必须扛得住"怎么都要对得起鲁迅"这份坚持,鲁迅在许广平心里扎下的,已经不单单只是丈夫身份,而是一种精神、一种风骨、一种态度。

之后,许广平还特地跑了一趟绍兴,说是要去看看鲁迅的故居。夜里她在既生分又亲昵的绍兴街道上走,偶尔看见灯柱上贴着一张大字报,写着"鲁迅国民学校招生",心里忍不住一阵狂喜,知道自己的男人终究在家乡受到一定的尊重,第二天一早即满心欢欣地沿街探问,逢人便打听,但大多都说没听说过这学校的。后来有熟门熟路的人指出，学校就在路旁草坡上一块不起眼的角落，已经改成"越王镇塔子桥国民学校"，里边也在上着课了，许广平听了，心里一片惶惶然，终于明白下来，以鲁迅为名的学校在内战煽动的时候，上头下令把鲁迅学校的名字改掉，狠狠地一刀划清界限，切断鲁迅和旧社会攀结的关系。而许广平见到校舍里面满目青草，想起鲁迅生前为教育、为改革，三番四次顶撞权势，落得临终之际，还得东躲西藏，岁月始终不得静好，一时忍不住，站在绍兴的街道上呜呜地哭起来，直替鲁迅觉得委屈，却不是感叹自己的际遇不济。

另外，鲁迅嗜甜。南甜北咸，南方人素来好甜食，因此鲁迅饭后都喜欢嚼几块糖果或饼干点心，就像洋人饭后爱用甜点漱口。因此许广平记得，那时候饭后都会为鲁迅备几块甜食，让他捡几块钟意的搁在桌子角上，一边坐在藤躺椅上静静地思考文章的纹理，一边放进嘴里慢慢咀嚼；而那一刻的时光，从许广平的眼里望过去是静止的，但落在心里却是缓缓流动的，像电影里的空镜头，连背后的音乐都可以省略下来，但又特别值得回味。

直至后来海婴出世，那饭后的甜点时光还是在的，只是变得熙攘了，因为海婴老爱和父亲挤在同一张椅子上，和父亲争吃甜食，而鲁迅当然都让着他，即便有时甜点都被孩子抢食了，他嘴巴里苦涩，但心里却领受着那份甜。就好像临大去之际，鲁迅好几次抬起眼来看许广平，什么也不说，替他揩手汗时，他则像个病中撒娇的孩子，紧紧握着许广平的手久久不肯放，而那些说不出口的，我一直在想，如果不是爱，那又是什么？

苏珊·桑塔格

Susan Sontag

最后一颗没有被崩坏的星星

我喜欢道听途说听回来的苏珊·桑塔格——特别是从北岛那儿听回来的苏珊·桑塔格,因为北岛是个从头到尾、彻彻底底,连影子也那么安静、那么不爱说话的诗人,但万万没想到说起苏珊·桑塔格,他竟忍不住搁下一句:"她脾气好像不是太好。"我一听,禁不住就笑开了。那当然了,世界这么荒谬,苏珊·桑塔格的脾气又怎么会好呢?那一年,北岛是在布拉格的作家节和苏珊·桑塔格见的面,她铁青着脸从电视台回来,皱着眉头劈口说了一句:"那么多愚蠢的问题,真的是折磨死人。"然后她转过身问北岛:"不是说好一起吃饭吗?赶紧走吧,我饿坏了。"结果北岛把苏珊领到一家馆子吃中国菜,饭局上,苏珊胃口不坏,话也很多,吃喝得还挺惬意的——而我听到两人吃的是中国菜,马上联想起苏珊和她儿子在美国的时候也经常到中餐馆吃饭,两个人颤巍巍地用筷子夹起摇摇欲坠的海参,然后战战兢兢地互相送入对方口中;而那画面既诙谐又生动,如果画了下来,绝对会是一幅温馨的苏珊家居图,因为苏珊说过,儿子同时也是她最好的朋友,他们两个人深入浅出、从远到近,几乎没有什么是不可以谈的,"如果儿子不在身边,我连朋友也没有了。"

我记得北岛也是。北岛有个女儿叫田田,偶尔女儿把同学请回家里聚会,北岛是个过于殷勤的父亲,会预先订好寿司,并且准备了酒水鲜花和气球,然后主动回避,到相熟的诗人家里过夜,间中每半个小时挂个电话过去,担心孩子们沾上酒和毒品——这种父母亲的不断往孩子们身上灌注的爱，我常觉得，是清楚的、干净的、审慎的、强烈的，但也是同时兼具方向性和毁灭性的，因为被引渡、被雕塑、被完成的永远是孩子，而在一定程度上把自己的原生性格耗损和毁灭的，则永远是父亲和母亲。而再强悍的性情、再尖锐的言论、再偏锋的思考，都没有办法阻止苏珊·桑塔格去成就自己的理想，成为一位温柔而体谅的母亲。

因此当世界越来越荒谬的时候——我们总是不约而同地想念起苏珊·桑塔格。想起她生命后期如何在曼哈顿的寓所接受访问，想起她如何把一条腿搁在桌子上，以致座椅后仰，然后一边喝着深不见底的黑咖啡，一边对访问她的人说，她两年前把烟戒了——眼睛像深秋的星星，暗了又闪，闪了又暗。当然，那完全基于医生的劝告和她自己的健康状况。而她那间至少有一万册藏书的公寓，据说，客厅里没有家具，雪柜里没有粮食，只有数十幅皮拉内西的版画——苏珊·桑塔格是懂艺术的。

然后访问她的人小心翼翼地告诉她，中文出版界的运作十分混乱，常常有来历不明的翻版书籍在书店里流窜——她听了，一点动气都没有，轻轻地摆了摆手，并没有因为版权被侵犯而表现愤怒，反而抱歉自己并不是资本主义社会里的一名好市民，她说，她当然很乐意获得报酬，但她更在意的是，她写的每一本书都可以在世界上的每一个角落被阅读。

这就是最真实的苏珊·桑塔格。这也是我最钦佩的苏珊·桑塔格。她一直都是她自己文学探险的绘测师，她不止一次说过，书，不是为了出版而写，而是为了必须写而写，以及为了被阅读而写。所以作为一位最有影响力的作家，她惩罚自己的方式就是，她写的书应当一本比一本好，如果达不到这个标准，那她宁可不再出版任何著作。

是的，你不可能不知道，苏珊·桑塔格就是以她发出的独特的声音，获得群众热烈的共鸣。早慧、不羁，神秘的人生阅历；博学、宏观，百变的创作角色。而她永远跑在众人的前头，透过犀利精准、角度独到、自成一格的批评文字，言人所不敢言——而这一切天衣无缝地组合起来，已经足以把苏珊·桑塔格推誉为美国知识界的良心，也足以让她从一出道就成为文化界传诵争誉的明星级人物。

当然，苏珊·桑塔格也是绝对的波希米亚。她享受美食，她热爱阅读，她虽然有一点点忧郁，但她绝对有让自己快乐起来的权利和能力。我印象最深刻的是，苏珊·桑塔格作为一个蛮横而武断的唯美主义者，其实她对于自己的穿着并没有特别的考究，老是黑衣黑裤，也老是披散着一头蓬松的夹着灰白的黑色长发，只有在天气很好的时候，她才会兴致高昂地穿上绿色的洛登外套，而且外套上一个袖口的接缝处已经开了线，她却从来视而不见，并没有马上把线口缝上。

我记得，苏珊·桑塔格曾经在一则访问中提过，她刚刚到纽约时就对自己发誓，无论再多么穷，也绝不乘搭公共交通——我其实并不明白为什么她特别讨厌公共交通，所以她每次走到街上，第一个动作就是举起手臂召唤计程车。我并不确定，这会不会和她开创或发现了介于"高雅文化"与"流行文化"之间的"坎普文化"所引起的某种

焦虑所做出的反射性动作有关?

但不管再怎么样,苏珊·桑塔格始终还是活在土星的光环之下,值得被仰望,也值得被追寻。即便她顶着一头标志性的黑色长发,中间夹着一绺灰白发丝,只要她一开口说话,她还是一个永恒的知性典范,更何况她还有一双炯炯有神的眼睛。我其实特别喜欢苏珊·桑塔格的眼睛,冷静而清冽,仿佛一把薄而利的剑,轻轻地就挑刺进生命最原初的根源。

而她其实是一个挺懂得给自己找乐趣的人,她最大的乐趣,不外是旅游、看电影、吃中国菜——特别是到唐人街吃中国菜,当一片海参颤巍巍地吊在她或她儿子的筷子上晃荡时,他们就会像个孩子似的,笑得格外开心。在某个层面上,她实际上是生活品质挺容易被满足的一个人。

偶尔说到电影，苏珊·桑塔格很喜欢侯孝贤，她喜欢侯孝贤惯用的静态的长长的镜头底下，节奏慢得近乎静止的乡土台湾印象。她忽尔着迷于《悲情城市》的悬念，忽尔惊叹于《恋恋风尘》的淳朴。静，其实最不容易。更何况侯孝贤的电影里头，最灼人的，就是那一片漫无止境的静。而显然地，同样具有导演身份的苏珊·桑塔格，在一九八六年出任夏威夷电影节的评委的时候，帮助过侯孝贤崭露头角的《童年往事》夺取大奖。

而在香港导演中，苏珊·桑塔格对王家卫的印象不坏，她几乎熟悉王家卫的所有作品，但并不代表她喜欢王家卫的所有作品。她挺喜欢有金城武有黎明有李嘉欣有杨采妮有莫文蔚的《堕落天使》，我猜她喜欢的应该是电影里头咄咄逼人的节奏感，以及每一个演员隔着银幕都可以灼伤观众的青春。倒有点奇怪的是，她对梁朝伟和张国荣三番四次准备在布宜诺斯艾利斯大瀑布底下重新开始的《春光乍泄》表现出有点失望——苏珊·桑塔格本质上是一个非常懂得肢解寂寞的人，也许正因为如此，所以她才对王家卫电影里头的寂寞美学，和杜可风镜头底下的寂寞频率，提出特别苛刻的要求。这是没有办法避免的。她一直都坚持于自己的美学审判与政治观点，她的爱恨也从来都比一般人来得利落分明，因为她的名字不是一般的苏珊，也不是单纯的桑塔格，而是苏珊·桑塔格。

欧内斯特·海明威

Ernest Hemingway

海明威不住在巴黎

最后那几年海明威是在古巴度过的。来到生命的最后一个冬天，他特别勤于散步，即使是冬天，也还是让自己穿戴整齐，像个顽固的绅士，戴上贝雷帽，然后套上长度适中的长大衣，每天不断地走进茂密而神秘的树林里，仿佛预先去看一看自己即将终老的地方。

那时候他应该再也写不出一个句子来了。他是个诚实的文字猎人，猎的几乎永远都是他自己，所以当他老了，他写的句子也老了，蹒跚了，枯萎了，不会再像以前那样地好看了。但对海明威来说，一个作家的宿命，就好像他在诺贝尔得奖谢词上强调的："每一天的功课，就是面对永恒的存在，或，不存在。"其实他从一开始就知道，命运递给他的那把钥匙，总会有那么一天，咔嚓一声，那扇门突然就打不开了。

而到现在我还记得我第一次如雷轰顶般，被海明威的一个句子轰得整个人失魂落魄的场景：那一整个长长的下午，我呆坐在沙发上，浑浑噩噩，思考着原来将文字掰开来，其实背后还潜伏着一个作家和另一个作家的因果报应，因为海明威说："有些作家生来只是为了帮助另一位作家写出一个句子。"

这几乎立即让我联想起木心之于陈丹青，周作人之于胡兰成，以及张爱玲之于王安忆——他们之间的文字，多么明显地浮动着彼此切割不断的因果循环。但如今，文字的天色已晚，谁也不会再为谁写的字魂牵梦萦。我们读书，一半是因为我们恐惧，恐惧被资讯和流行遗弃，另外一半，是我们焦虑，焦虑自己怎么还摸不着穿越文字的门把。

倒是海明威，他一直以来的标志性风格是彻底解放文字的结构，留下一大片的空白，让文字本身形成一座空旷的适合呼吸的岛屿，然后袖起手，任由结实的情节自行在纸面上爬行，像一条体态优美的花豹，挪摆着又长又直的腰身，躲在阴郁的亚热带树林里悄无声息地，随时准备以最高贵的姿态，向正在朗读它的人们飞扑过去——

而其实年轻时候的海明威何尝不是俊美得像一条花豹？据说，佩着枪支当军人的海明威，剑眉星目，昂首阔步，举手投足之间的弧度尤其强悍，每一次走上街区，莫说是女孩子们，就连小孩和狗都会被他吸引。一个长得太好看的男人，比地雷还要危险，因为他的魅力就是他随时可以掏出来抵在女人胸口上的武器。

更要命的是，海明威的危险绝对是相乘和加倍的，除了十八岁就开始在意大利军队前线当红十字会救护车驾驶，他还当过军人、猎人、渔夫、斗牛士和拳击手，看过和经历过的那些罪孽深重的人生，理所当然地富饶了他字里字外的内容，并且别忘记——他是个作家，坐下来把发生在他身上的故事，一字不漏都写进他的小说里去，根本就是天经地义的事。

就连他那最桀骜不驯的第三任妻子霍恩，当年和海明威一同在西班牙内战时期以战地记者的身份投奔中国时，也禁不住在自己的文章中提到："海明威像只羽毛漂亮、精力充沛，并且很会说故事的老鸟，被他吸引是很正常的事。

所以如果可能的话，千万不要让他有机会喜欢上你，你会很难招架得住。"

这点我倒是相信的。我看过海明威一九一八年的证件照，那时候的他因为年轻，眼神特别地清澈特别地干净，加上一管看上去好像对未来和对爱情都特别坚贞笃定的鼻梁，实在是英俊得太不像话。人们都说，怎么长得那么像拜伦啊？可海明威比拜伦好看的地方是，他有一股强烈的没有完全被进化的动物般的属性：野生的、原始的、粗犷的，同时更是雄性勃发的。即便在他最不修边幅的日子，他站在哈瓦那如烤箱般的沙地上，赤红着脸膛，橘红色的夕阳使劲地压盖下来，落在他满脸的络腮胡、满头的缭乱头发和满脸无处不在的沧桑，让他看上去就像一张还没有完成的肖像画，你一看就知道这作品完成之后的气势将会是多么地地动山摇。

也因此吧，海明威的风流从来都是顺理成章的。他结过四次婚。从巴黎到美国佛罗里达，再从西班牙马德里到古巴哈瓦那，他似乎没有间断过在不同女人的床头上上落落，但他从来不会在同一个时间爱上超过一个女人，"这是对女人最基本的尊重"，他说。可见海明威不是不懂爱情，他只是不肯给爱情一块牌坊和一个名分。我偶尔会想，心境上永无止境的单身，会不会是把一个作家成就得更伟大的合理方式？

而且我们必须承认，在爱情这玩意上，海明威的手气特别地好，爱上他和被他爱上的女人，都在他某段高低起

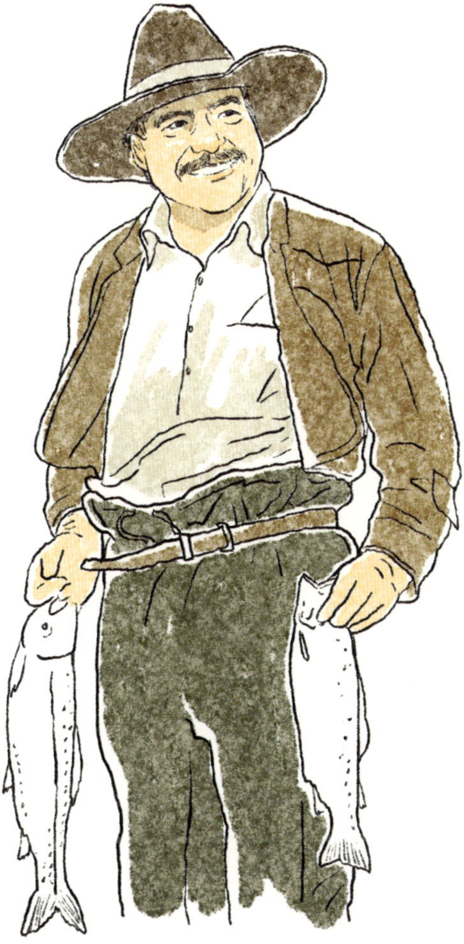

伏的人生际遇上，甘心走在他前头，替他提着一盏明亮的灯——只可惜到了后来，筋疲力尽的文学战士眼看着就快崩溃了，他因为电疗而失去性欲，对女人纵然有心也无能为力，他对他养的一大群猫，尤其是其中一只特别爱坐在他写好的稿件上的名叫"大块头"的猫，比对和他一起生活过的女人还要温柔。

不知道为什么，每次想起巴黎，就想起刚刚来到巴黎的海明威。那时他把自己活成一个沉默而诡异的修士，每天定时在同一家小咖啡馆内伏案熬炼自己的风格，并且总是小心翼翼地克制自己不在文句上运用过多的形容词，十分庄重地和文字搏斗，也十分庄重地为生活搏斗。他说："那时候和我同年纪的作家至少都写出一本小说了，但我连一小段都还没有办法写出来。"

但那时候的海明威一点都不急着向读者展现他的学问他的涵养他的家教和他的经历，他有他自己驾驭文字的另一套方式。即便从来没有人认为海明威是个诗人，但他写的散文流窜着浓郁的诗的韵律，而他的小说却简洁有力，喑哑的情节中总飞闪着曙光，词语中的孤寂状态更清澈得像长期被河水冲洗过的石头。

而我从来没有忘记海明威说的："假如你有幸年轻时在巴黎生活过，那么你此后一生，不论去到哪里，她都与你同在，因为巴黎是一席流动的盛宴。"但海明威的前巴黎时代和后巴黎时代，显然是两段截然不同的时光。后来当海明威又一次辗转地回到经过德国统领的巴黎，巴黎虽然还是二十年前的巴黎，但海明威已经不是当年书写《太阳照常升起》的海明威了，他因为没有办法突破自己而变得郁闷而暴躁，但巴黎依然美丽如昔，像个不会老的情妇，只是不断地更换着更年轻的情人，可海明威的生活却已渐渐塞满世俗之气，不再为自己设定任何的规矩和禁忌。

当然他又住进了丽兹酒店，并在酒店内当起获得诺贝尔文学桂冠的老将军和土皇帝，把三十一号贵宾房辟成他个人的文化沙龙，和其他作家们定期饮酒会面，间中还经常为了小事动怒，有一次还一怒之下，打破酒店内的洗脸台，导致整间房间淹满了水——也许生活本来就是这样，没有尘埃，就没有办法辩证空气的存在，海明威也一样。

萎缩了的海明威，生活过得异常散漫，不外是和电影明星吃吃饭、找拳击冠军交交手，然后时不时还会在夜总会打架闹事，但他从来没有忘记在巴黎某酒吧的天井会见书迷。晚年的海明威有个英雄迟暮的习惯，他总是乐而不疲地在家里的浴室记录自己的身体状况，包括血压、体重、心跳，犹如拳击手正在为即将来临的比赛操练和准备，因为他心里比谁都清明，"海明威"并不住在巴黎，而是住在冬夜风雪呼啸，木材噼啪作响，烈火熊熊吐焰的文字的壁炉里。

辑四

雕

文森特·凡·高

Vincent van Gogh

凡·高你为什么不跳舞

凡·高不跳舞。他像个急性子的孩子，火车还没完全停妥就率先跳了下来，然后气急败坏地低下头往前走，一直走一直走一直走，总是那么地焦虑，总是那么地害怕拮据的生活和颠簸的运命不知什么时候又平白无故地耍了他一记。我常在想，如果让我在那金黄得犹如林火漫烧的玉米田里遇见凡·高，我一定会将他拦下，然后问他："凡·高你为什么不停下来跳个舞？"

而当然我知道，凡·高不会告诉我，他从不跳舞，是因为他有先天性晕眩症，他害怕悬崖、害怕噪音，并且总是想尽办法让自己离海面离得远远的，害怕坐在细长的渺无人烟的岩岸边俯瞰大海，这会让他因为害怕失足掉入海里而产生晕眩——更何况，他的日子从来都腌臜卑微清苦，又何足高歌畅舞？

而当天晚上凡·高就给他弟弟写了一封信。他问弟弟，还记得他那幅画着黄色的玉米田和金色的阳光的习作吗？画里头远远的一个角落，特别加上了一个矮小的忙着收成的农民？他告诉弟弟，他终于解决了画里头那一大片如海浪般扑将过来的黄色，他决定采用厚涂法，直接在画布上将那一片黄色推开来，他要的是轰轰烈烈、会从画里跳出来咬人的纯铬黄——因此你如果稍微懂点画，就知道凡·高的画从不遵守任何系统和派别，从用色到笔触，永远都我行我素。他只单纯地信奉想象力，他喜欢用不规律的手法击打画布，东泼一点，西抹一块，并且特别喜爱被画家们认为禁忌的普罗士蓝和柠檬黄，总觉得画布上的颜色本来就应该越强烈越好,因为他相信,最快被时间冲淡的,除了心田里的爱情,还有画布上的颜色。

我特别记得有一年我在阿姆斯特丹的机场图书馆翻着凡·高像咖啡桌那么大本的画册,渐渐地在班机延误的焦躁当中,把心给降伏了下来,整个人开始掉进他每一张画的旋涡里,并且想起每一张画背后,其实都是一个忧郁症病患努力克制病情说什么都要把他质疑的生命给画出来的满满的悲怆。他画的每一朵向日葵、每一块刺眼的惊涛拍岸式的黄色色块,当时我们都忽略了,那也许就是他最含蓄的讯号、求救的讯号。我想起他说,他一个人在荒凉的旷野里作画,必须一边用手按压着帽子,一边手忙脚乱地让画架牢牢地稳定在石头之间,因为旷野里的风撒起野来,像个野性难驯的孩子,会把他的画笔和颜料吹得七零八落——而且他穷,他说,他不画,很多时候不是因为他没有题材可以画,而是三十号的画布和颜料都太贵,所以他只能避开油画,只画大量的素描,因为素描不费钱,只要用一支以切鹅毛笔的方式切出来的芦苇秆就可以了,他还沾沾自喜地说,法国南部的芦苇比起巴黎的芦苇长得要粗壮多了,画起来特别顺手。

其实凡·高一点都不介意穷,他只想不必住在破烂的客栈,有一间自己的画室,把高更邀过来,和他共用同一间画室,自得其乐地安度余生,那就已经心满意足了。他甚至在写信给他的画家朋友贝尔纳的时候说过,他每天只需要四个法郎就可以过日子,有时四天只吃两顿饭,间中吧,也需要服些草药，帮助焦虑的自己镇定下来。偶尔凡·高通过当艺术中介的弟弟把一两张不具名的小画给卖了出去，那他就可以给自己添杯好酒和一管烟草，算是给自己一小份打赏；而且他一向肠胃不好，必须很小心地呵护自己的消化系统，才有办法吃得下硬饼干和水煮蛋，而且他一向吃得比农民更像农民。

可我特别想说的是，那时代的画家们啊，原来很多都是散文大家，比如凡·高，比如德加，比如弗里达，他们写的信比画温柔许多，读起来荡气回肠的，像情书，一不小心就会成了第三者，掉进画家们的感情圈套里。我还记得凡·高写信给他弟弟，描述他住的那家精神病院里的小公园，有那么几丛凋零的玫瑰特别让他不耐烦，因为他正忙着专心一致地画一掬深紫罗兰色的土地、一颗发芽的玉米、一片橄榄园、一棵被雷电击中劈成两半的松树，而不是一丛凋零的玫瑰。然后他说，要是他有好长一段时间不回信，那一定不是他不想针对他的画进行任何的讨论，而是他必须控制他的病情，保持平静的精神状态，稳定地创作，只有稳定自己的情绪，和它和平共处，不让它再闹别扭，那么题材才会自己冒出来——他必须，他必须。

因此我忍不住好奇，平时看上去是那么笨拙而寡言的凡·高，怎么会在信里展现出如此娴熟的温柔？他也常常写信给他的好朋友贝尔纳和高更，谈画谈生活谈人生，却偏偏只字不提爱情——不提，生前画过的超过两千幅画里面，一笔也不提；不间断地写给他弟弟、塞满了整个抽屉的八百多封信里，一句话都不提；甚至连耳朵都割下来了，也还是绝口不提。但

我一直觉得，你如果看得懂他画的紫罗兰色的星空和麦田上的乌鸦，就应该明白，其实没有谁比凡·高更懂得什么是爱情——有些爱情像星星，必须等，等它黯淡下来会更美丽。

莎士比亚说过："情人、诗人、狂人，都是一家人。"我第一个就想到了凡·高。想到他在一个寒冷的冬夜，在街上把一个不断来回向过路的男人乞讨的怀着孕的娼妓领回家。明明自己已经穷得只能够吃不涂油的黑面包，还是决定把仅剩的食物分一半给她，并且把她留下来，让她当自己的模特儿，付给她微薄的酬劳。最重要的是，让她不需要再挨冻沦落街口向过路的男人乞讨一顿晚饭，甚至省下自己喝咖啡的钱，给还没有出生的孩子买几件衣服，再送她到邻镇的产房，安心地把孩子给生下来。

而如果这还不算是爱，我在想，也许只有在他笔下澄亮金黄得几乎随时可以把画布燃烧起来的向日葵才会明白——什么才叫作爱？作为一个拙于言辞的画家，他曾经轻描淡写地，在写给他弟弟的信里搁下这么一句话："为了成为一位作品饱满的艺术家，一个人，到底还是要依赖爱情的喂养。"因此我们渐渐地有了足够的理由猜疑，他割下的那一只左耳，会不会真的送给了一个被他喜欢过的娼妓？还是，不为人知地留给了和他关系特别暧昧的高更？爱情不难。难的只是，认清楚爱情不过是"瞎子摸象"，你摸到的和你想象的，永远和血淋淋地摊在你面前的是两回事。

而我也没有忘记某一年早春在巴黎由火车站改造而成的奥赛博物馆站着看凡·高的自画像。当时身边虽然不断地有人像鱼群一样窜来窜去，但我动也不动，对着画像怔怔地站着，一点也没有浮躁不安，仅仅感觉到，"天光乍晓，恍如惊雷"。也应该是在那一刻吧，我盯着他自画像里头那一对安静但坚定的眼神，这么厚重的颜料，这么专注的凝视，这么绝望的投入，他的画和他的人用情之深，我们都看得出来他比谁都渴望爱，可他偏偏倔强得不肯随口提起他的爱情——是的，越倔强的人，越不肯承认其实自己用情最深。

有没有人告诉过你，凡·高试过为了偷偷躲在门外看一眼他喜欢的前房东的女儿，来来回回走了两天一夜的路，义无反顾地把脚底下的鞋子都给走破了？就算到最后，走进他经常一个人静静地待在那里写生的法国南部的田野，默默地朝自己胸口开上一枪的那一刻，凡·高终究还是不肯承认，他一直都在探索着接近自虐的爱，并且一直都在享受被得不到的爱辗转凌迟，反复煎熬，卑微并且凉薄的快乐。

当然我是想念凡·高的。纵使姹紫嫣红开遍，我最想念的，也就只有他一个。我想念他无止境的悲剧性，想念他比天地还要辽阔的忧郁感。读他的自传，听他没事人一般说起，他两度被关进疯人院，而且门外总是有管理员和警察监视他的行动，连出个门给他弟弟寄几卷画都被禁止，最终只好老老实实地接受他是疯子的这个角色——我忍不住别过头，闭上眼睛，轻轻地把书合起来，可见上天有时候真的并不是对每一个人都和颜悦色，也并不见得对每一个人都慈眉善目。

他离开的那一年只有卅七岁，他一边裹着左耳的伤口，一边对着镜子给自己画像，他的理智很明显已经垮掉了一大半，我只记得那张肖像里的凡·高，整张脸都挂满问号，大大小小的问号。但他尽最大的努力克制着自己，表现得出奇地安静，也出奇地专注，甚至写信告诉弟弟，他怕来不及了，他打算用荷兰"老大师"画家的用色法，给他们的母亲画几张荷兰乡村景象寄回去，他相信他们的母亲会喜欢的。而他的离开虽然有点太早，但其实也没有什么不好，至少他彻彻底底告别了贫困、病痛、屈辱、孤寂，并且给自己挣回了仅剩的一点点尊严，这一切人世间的苦，再也没有办法威胁和骚扰他对艺术奋不顾身的投入——他已经用自己急促喘息的生命把最灿烂的那一片星空和最温暖的那一丛麦田留了下来，我们实在不应该要求更多。

岁月长长短短，天空总是唰地就暗了下来，而我总是念念不忘他习惯性地低着头，背有点驼，常年戴着一顶大草帽遮盖他那头鲜艳的红发，独自在空旷的田野里游荡，寻找一处绝美的景色，可以让他架起画布开始作画——这么样一个孤立而静态的画面，其实比起他任何一幅后印象派作品，更写实、更浓烈、更强大，更能够一下子就击垮我思维里最纤弱最柔软的那一小块金黄色的麦田。然后也常常忆记起他在南部的田野散步的时候，举起枪，轰的一声，那枪声安静得像一只落单的乌鸦的哀鸣，"呀"的一声，草草打发了他色调那么浓稠的一生，而他留下的作品，却从此闪亮了满满的整个天空——至少往后我们偶尔抬起头望向天空，除了看见繁星，还会看见凡·高，和他比星星还要寂寥的一颗丹心。

　　就好像他常渴望把自己的肖像，画成在佛陀面前庄严顶礼的僧侣，寂寥，但是虔诚，清楚自己仰望以及终将抵达的方向。他对弟弟西奥说，其实他的灵魂藏有一炉炙热的烈火，却一直都无人前来取暖，旁人走过，也只是瞥见烟囱冒出的一缕尘烟，便匆匆往前直行，没有一个人愿意停下来，看一看他的画，听一听他说话。因此每每想起他脸上那种无以名状、叫不出名字，但一直在心口上堵塞着的悲怆，想起他割下来的耳朵，想起他的烟斗和手枪，以及看着他无助地被贫困潦倒的生活摁在墙角上拳打脚踢，不知道为什么，我每一次都像毫无预警地被人迎面兜上一记，痛得把脸埋进手掌，忍不住就哭了，哭了。

埃德加·德加

Edgar Degas

可惜德加没有情人

后来他还是改变了主意，让管家回报原本约好的画商朋友说："取消那饭局吧，你明天下午到我家来，我们喝茶。"那时候他已经很老了，也画得少了，但火气还是很大，那些想要把他的画买走的中介，因为他远远大过作品本身的名气，在他面前还是得唯唯诺诺、小心翼翼。他举起一只小小的白色陶瓷杯子，问客人说："你猜我喝的是什么？"客人试探性地回答："奶茶？"他马上对客人粗浅的见识露出一脸鄙夷，就像他这一生最不屑的就是那些为了追逐名利而哈腰弯背、丑态百出的艺术家，"不是，是樱桃梗泡的茶，别小看它，利尿得很呢。"也就那个时候吧，他老被膀胱问题困扰，夜里常常得爬起身五六次，就为了对准尿壶撒那几滴尿，并且他的魄力和他的创作力，都明显滑落下来，开始步态蹒跚地走在一条战战兢兢的下山路上。

可也许你不知道，名气日正当空的时候，锋芒毕露的德加曾经是那么骄横霸道，那么呼风唤雨，那么不可一世，他可以面不改色地回拒两届世界博览会的邀请，明明国家已经答应特别给他安排一间独立的展览厅，就只展出他的作品，他还是不为所动，而这当然也间接扼断了他其实早就应该被法国授勋封赏的机会——但他从不在意这一些，从不。他在意的是，画廊告诉他，有人开价近五十万法郎把他那幅两个舞者靠在横杆上，旁边搁着一个浇花桶的画给买走了，他听了，眉头这才总算动了一动，说了一句："不错，是个好价钱。"而且我记得年轻时的德加曾经狂妄地说过，他就像赛马场上先拔头筹的种马一样，他很满意配给他的燕麦粮——

他当然知道他是名种马。出名出得早，廿岁左右已薄有名气，并且因为出身名门，身上流着贵族血统，并且自小不断在拿坡里、巴黎、翡冷翠等高度文艺养分的城市打转，多少养成他不可一世的脾性。而且他在文学方面也挺有天分，是个遣词用字十分凌厉的书信家，读他写给家人、画家朋友和画商们的信，就好像在读那个时代的艺坛野史，生动得宛如一出电影剧本的初稿，甚至连一封向画商追讨余款的信件，也写得像一篇美丽的散文。我经常怔怔地从书里抬起头来，呼出一口气，彻彻底底被他孤芳自赏的形象迷倒，他太懂得用他独有的飘忽不定的个性，勾勒出年少得志的艺术大师的线条。

尤其是，年轻时的德加长着一张文艺复兴时代王公贵族式的脸，高雅、俊秀、精致，并且对衣着十分讲究，喜欢穿着彰显他社会地位的装扮，包括出席酒会或饭局，一定不会忘记戴上手套和高帽，意气风发地显现出高贵又知书识礼的年轻中产阶级形象，只可惜德加终生未娶，没有情人。即便到了后来，德加还是改不掉他刁钻的习性，有人邀请他出席饭局，他第一个反应就是："可以，但请听好，到时桌子上是不是有一盘没有加上牛油的菜肴？你们要记得把猫咪和小狗关起来。桌子上不能有花，女性宾客不能喷洒香水，我不想餐桌上烤得那么香的面包沾上某某夫人的香水味。如果这些都没有问题，请确定在七点半钟开席，我会准时到。"

所以他对逐渐老去的恐惧绝对是可以理解的，当他开始面对老年生活的开端，他刻意离群索居，蜷缩在阴暗的一角让孤独蚕食，并且躲起来断绝与朋友的来往，他觉得他自己在妨碍着别人的青春，已经不再尖锐锋利闪亮，根本没有办法面对老年以后越来越烦腻、越来越沉重、越来越笨拙，只懂得愚笨地微笑的他自己。

更何况德加是一个特别爱面子的人，就算老了，耳朵有点聋，眼睛也不复灵光，视力更是疲弱得连走路也需要依靠拐杖了，他的脾气还是倔得很。有好几次和朋友吃完了饭，他想要一个人慢慢地散着步回家，也顺道活动一下越来越僵硬的双腿，朋友们听了马上反应"那好啊，我们陪你一起走一段好了"，但他坚持不肯，还当场大发雷霆，谁也不准跟，因为他特别介怀大家都觉得他其实已经老得需要被人搀扶才出得了门了，因此朋友们只好噤声，迅速交换一个眼神，都放轻脚步，远远地在后头跟着他，怕他迷路，也担心他摔跤——

于是镜头拉开，只见苍茫的暮色底下，他又长又银亮的头发和胡须，被黑夜映照得闪闪发亮，远远看过去，多么像一座孤单的光标，正缓缓地向更黑暗的黑暗前进和移动，然后随时都可能停在那一个点上就此静止不动。而他虽然老了，但在打扮上还是保留了巴黎贵族的做派，一点也不马虎，戴一顶圆帽，身穿长长的斗篷，全程都依靠拐杖带路，并且一路都只敢挨着墙角走，那拐杖还不时"哐啷"一声，打到了屋墙，把他自己也吓了一跳，那些亦步亦趋、跟在他后面的朋友，看了心头一紧，忍不住鼻子发酸，那个年轻时脾性风风火火、才情咄咄逼人的德加，真的老了，老得像一颗慢慢陨落的星星，我们已经预先看到他开始往下直坠的导航线。

但我还是一直喜欢德加的。喜欢他骄纵蛮横的个性，喜欢他不可一世的才华，喜欢他年轻的时候说过："我想要光芒万丈但又保持神秘。"而且年轻时的德加实在俊美有加，脸上留着一撮温柔的贵族络腮胡，而且眼神总是忧心忡忡，并且他在卅岁之前，一口气花了十年的时间为自己画了十五张自画像，每一张的神情看上去都那么相似，带点对生命的疑惑，又带点对人性的冷漠，然后卅一岁之后，他就决定不再给自己画自画像了，他说："够了，我开始对自己的长相不耐烦了。"而他其中一张最著名的自画像，人物的姿态正是模仿安格尔一幅有名的自画像，到现在一直都被巴黎郊区尚蒂伊的孔代公爵博物馆收藏着。

至于安格尔，是德加终其一生特别仰慕的一位艺术大师，他常常把安格尔的艺术主张和教训紧紧地抱在怀里，说什么都不肯轻易松开，安格尔告诉德加："年轻人，记住，多画线条，要画很多很多的线条，然后在创作的时候，有时候依靠记忆，有时候现场写生。"结果自此以后，德加的作品开始挣脱重复地绘画肖像，反而慢慢地向场景写生靠拢，用最写实的画风，画出最印象派的氛围。但德加的绘画天分是惊人的，他可以一面聊天，一面完成一张接一张新画作的初稿,而且学画肖像时,他对自己的训练十分严厉苛刻,不断练习如何让模特儿待在一楼,而他却在二楼作画,以便培养自己完全依靠记忆画出模特儿的外形和表情的能力。

因此即使你不认识德加,只要站到了他的画面前,也一定会惊叹于他的每一张画作所反射出来的那一瞬间的当下感——仿佛在他作画的当儿,你凑巧闯了进去,置身在画的场景当中,并且目睹了一切循序渐进的定格与发生。我好奇的是,到底需要焚烧多少个昼夜,到底需要耗损多少份心神,才能够一笔一画、一影一色、一收一放,把他那尊写实得让人不安,并且生动得接近诡异的蜡像《十四岁小舞伶》雕塑完成?我很是喜爱那尊小小的、踌躇满志的小舞伶,看上去是多么地传神而拟真,德加给她穿上真的纱裙,头发也结上真的丝巾,而她的下巴微微昂起,双腿扎好了舞步,仿佛音乐一响起,她马上就会踢踏着舞步向着舞台的灯光旋转跳跃过去。

常常,在艺术面前,德加贵为十九世纪晚期,印象派当中唯一受过正统训练的"新绘画运动"领航人,会自动收敛起他的傲慢,垂目俯首,供奉他的虔诚,以娟秀而隽永的写实手法,将法国近代生活的场景、片段和景象,完完整整地保存下来。而好像德加这么一个惊涛拍岸的艺术大师,只有在画板面前,他才会"必诚以敬,宜恭且哀",用谦卑来祭奠在他画里再活上一次的灵魂,其中包括肢体曼妙的芭蕾舞者、全神贯注的赛马骑师、沐浴中的俗世女

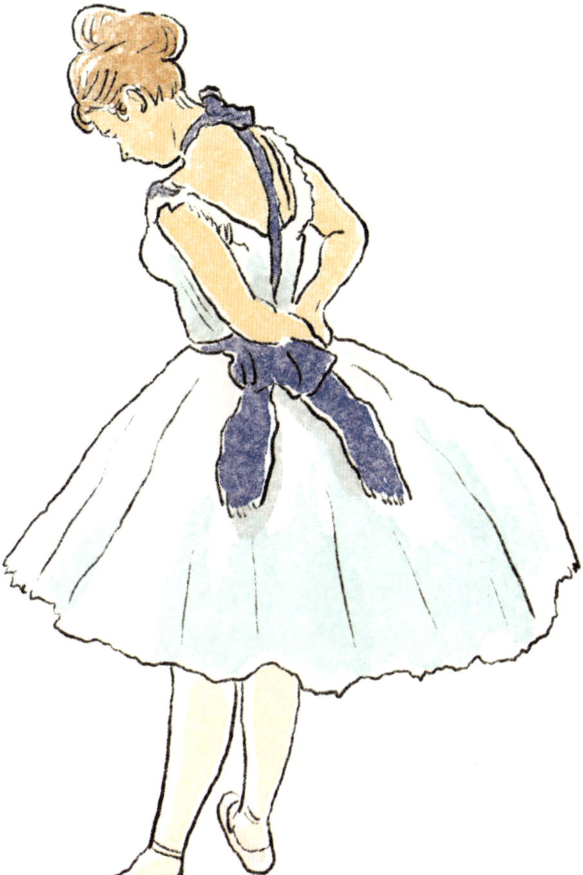

人、等待恩客的低层妓女，我们都看到他如何替他画里的模特，在这个喧闹的、零乱的、荒谬的现实场景，找到一个可以让他们安身立命的位置，并且让他那显微镜式的观察，在画布上完整但暧昧地开枝散叶。

奥古斯特·罗丹

Auguste Rodin

所有雕塑都是情绪分子的裂变

终于卡米耶也老了——老年的卡米耶住在精神疗养院，有人给她照了相，相片里头的她微微地泛着笑，还是穿戴得那么整齐，头上甚至还戴上一顶崭新的帽子，并且一点也不辜负她原本就是一名雕塑师的学养，端端正正地坐着，两只手交叠互握，轻轻地搁在大腿上。

这样的姿势，无疑是适合被雕塑的，而且雕塑和建筑一样，越是被岁月沧桑下来的，越是容易让它最原初的本质浮显出来，印证它的原初竟是那么地丰饶壮丽。因此卡米耶一直都是美丽的。在罗丹眼里，她始终是一块最光滑的大理石，也是罗丹好些作品最接近完美的原型缪斯。我只记得，十八岁时的卡米耶不常笑。我看过一张她爬到椅子上为一座巨型雕塑打磨的照片，年轻的脸庞绷得紧紧的，神情专注，所有的爱与恨落在她脸上，完全走漏不出半点风声。

但到最后又如何？她十八岁那年以最有天分的女弟子身份入驻罗丹的工作室，十五年后，她以罗丹的情人的身份，从工作室直接被送进精神疗养院，原因是她的情绪极度不稳定，而且精神明显出现了问题，她控告罗丹"剽窃她的构思，企图将她谋杀"，并且一口气毁掉几乎自己所有的作品，包括最重要的那一幅——聪颖而美丽的她自己。我特别记得的是，她写给罗丹的信里有一句话："有些隐而不在的东西一直折磨着我。"而这一句话，后来被嵌入她在巴黎第四区圣路易岛的码头旁的纪念碑上，间接变成她最终的爱情宣言。

而罗丹曾经下过豪语："在爱情中，只有行动才算数。"可是作为十九世纪最负盛名的大师级雕塑艺术家，我其实对他的爱情层次有一定的质疑，他从来都是爱自己的作品多过爱任何一个人。实际上罗丹特别好女色,这是极正常的事,要不然他如何一面呼吸沉重,一面娴熟地用黏土调混他压抑的情欲,在双掌搓揉出坚挺的乳房和浑圆的女人的臀部?甚至到了后期,大家都说,罗丹应当是想女人想疯了,因为他作品里的女人,身躯都太诱惑了太生动了,而且情欲的成分过高,分明就是他自己在性欲上得不到满足的投射。连他自己也忍不住纳闷地对身边亲近的朋友说:"还有什么比渴望女人的身体更重要的呢?"

因此卡米耶第一次到工作室来,罗丹就知道他们之间的关系根本不可能只是师徒般单纯,而是终将共同消耗着彼此对爱情的饥渴和探索。只是在情义上,比卡米耶整整大上二十五岁的罗丹,一直忍不下心将他对妻子罗丝的爱与责任搁置不理,因为两个人已经有了一个儿子,却终究没有正式的夫妻名分,而罗丹似乎也不愿意公开承认与儿子的关系,间中罗丹写过一封信给罗丝,信里面提用的都是避重就轻的词句,最后他也只肯说:"谢谢一直包容我的反复无常,我永远都是你的罗丹。"

一直等到罗丹七十七岁那年吧,他总算正式把罗丝迎娶过门。遗憾的是,婚后第十八天,早年和罗丹共患难的罗丝年迈去世,至于罗丹,也在同一年因肺病离世,双双为他们兜兜转转的爱情,一前一后,标上了惆怅的句号。而罗丹也在他的遗愿中表明,他希望以他那尊为人称道的"沉思者",作为向他自己致敬的墓石。

或许这就是爱情吧。年轻时候的罗丹长着一张桀骜不驯的脸,身材虽然短小,但宽厚精悍,而且他有着十分阳刚的方整的额头和浓密的胡须,对于女人有着强烈的雄性的吸引力，乍眼望过去，不是不像个其实可以单纯靠脸蛋在爱情的江湖上招摇撞骗的小混混。但更多时候，罗丹其实像一个口齿笨拙的工人，吐出来的句子都散乱无章，所提出的关于艺术和雕塑的独特看法，虽然犀利精准，但都无法像天生的讲师那样，一开口就像是一部滚动着的讲义。主要因为他出身巴黎的劳工阶级，年幼时所有的基础学问，几乎都是靠自学摸索，因此他后来一出手即惊动艺术界的作品，如果背后没有澎湃而浩瀚的天赋，一切都不可能发生，学历单薄的他常说："我不是一个修辞家，而是一个实践者。"他这一生唯一的，也是最大的遗憾，是他一再被巴黎最顶尖的法国美术学院拒于门外，虽然大家都拿他的成就和米开朗琪罗比较，但他心里知道，他其实更渴望的是受到学院派的认可。

但后来罗丹说过的一句话却是掷地有声的，他说："在当上艺术家之前，先当个人。"一个堂堂正正的人，这句话到现在还是他所有作品最有力的落款，因此在罗丹的雕塑当中，他总是持之以恒地在他的青铜作品中巧妙地埋进人的本质；而人，理所当然就必须是复杂的、善变的、精于伪装的，这些正好都反映在罗丹的雕塑作品上，比如光线在物质表面上直射和折射时所产生的不同变化，比如色调的敏感和轻重的拿捏和平衡，比如适当比例之间的内在关系，没有一样不是顺应各种元素而完成创作的——

而罗丹的雕塑所释放的震撼，以及每次和他的作品面对面时依然接收到的一波接一波的余震，不过是解释了他的作品"只接受纯粹本质，排斥所有冗赘的枝节"，因为所有粗粝而有力的，才是最真实的。罗丹作品之美，不在他

雕塑手法的熟练和大气，而是在于他善于观察和沉思，他的作品呈现的情绪都是凡人的，都是我们熟悉和经历过的，常常会电光一闪，闪烁出人性的悲苦与喜乐。因为雕塑对罗丹来说，"不过是压缩和突起的艺术，不会逃出这个范围"。而且他在巴黎市郊的工作室，现在已经成了对外开放的罗丹博物馆，感觉上就好像在一所保持得特别明亮干净的停尸间，里面摆设着许多雕塑好的手掌、手臂、小腿、脚板和头颅等，看看有没有机会嫁接到新的躯干上。

而应该不全然是因为罗丹的缘故吧——我后来开始喜欢上教堂。我喜欢千里迢迢，完全在预设之外，于旅途中让自己去遇见一座素昧平生的教堂。有一年在慕尼黑，暮色正慢慢地锁紧，我刻意避开复活节前夕喧闹的人群，坐到广场最边界的冰冷的长条铁椅上去，缓缓抬起头，才发现一座线条笔直造型光裸的教堂，像一面冷峻的峭壁，在我眼前拔地而起，并且正冰冷地释放出适合去冥想、去把自己抽干抽净的气韵。特别是哥特式教堂，它的线条利落当中有一种可以感受到的充满怜悯的表情，比柔软更多了一份吸引人向它靠过去的诚挚，并且可以借助光线呈现出一种节制而简练的艺术风格，就好像德国的男人，他们的气派里有一种说一不二的威严。

于是我想起罗丹的一位曾经获得诺贝尔和平奖的法国总理朋友莱昂·布儒瓦说过："罗丹本身就是一座大教堂。"他宏伟，但他不复杂。而且有趣的是，有好长好长一阵子，罗丹一直都把住的地方安顿在教堂附近，他喜欢被教堂的钟声包围的感觉，更喜欢通过教堂的钟声去推算时间的运转。那个时候，他喜欢日日夜夜地造访教堂，而且习惯把新认识的朋友都带到巴黎圣母院去，然后不断地解说圣母院在建筑上的布局和格局，完全不搭理周遭那些把他认出来的路人对着他兴奋地指指又点点——

至于那些被罗丹雕塑出来的栩栩如生的人物，比如雨果和巴尔扎克，比如圣女贞德和维纳斯，其实我一直都觉得全是罗丹个人情绪分子的裂变，因为像罗丹这么样一个西方雕塑艺术的转折性人物，只有在技术和欲望同时攀登上某一个点，他的创作高潮才会迸射出让人颤抖的力道之美，而他雕塑和刻画的每一尊肖像，才会宛如一个深刻的"沉思者"，安定在同一个神情和姿势里，和宇宙呼应，对抗着永恒。

弗里达·卡罗

Frida Kahlo

最浓艳的最暴烈

那镜头其实就好像你在许多电影里头看到的画面一样：一辆仅有两节车厢的电车，正缓缓地向巴士驶近，而事发当时，如果你刚巧站在墨西哥高原上的屋子从窗口远远地望出去，你会发现电车的刹车好像失了灵似的，正悄无声息地窜行，突然就拦腰撞上了巴士，并且还继续慢慢地、慢慢地推挤着巴士；而巴士的车身则不断地扭曲了又扭曲，可却没有即时撕裂开来，一直等到巴士车身的弹性达到极限，才突然"砰"的一声巨响，爆裂成千千万万块碎片；整个场景根本就是导演导出来的特技爆破场面，并且电车还不断地向前移动着，像一条电脑控制的智能蟒蛇，冰冷而静默地，碾过巴士内的乘客——

那一天是墨西哥独立纪念日的第二天。弗里达刚巧和她当时的小男朋友跳上了这一辆巴士，而这突如其来的撞击使他们猛力往前被冲散，她的小男朋友发现自己被压在电车底下，伤势不重，他慌忙爬起身寻找弗里达——可没有人想象得到，断裂的电车扶手怎么会像剑一样，刺穿弗里达的盘骨；而当她的小男朋友找到她的时候，猛烈的撞击松开了弗里达的衣服，她近乎全裸地浑身淌血，身上更因为身旁的油漆匠的金粉桶被捅破了，全泼洒在她带血的身体上，看上去竟诡异得像个化好妆准备上场的漂亮芭蕾舞伶；至于那支光亮而浑圆的钢条扶手，正插进她的身体里面。她的小男朋友吓呆了，但还是当机立断，决定用力将钢条从她身体抽拔出来，而那一刻，弗里达发出的号叫声，据说——尖锐得完全盖过了呼啸而来的红十字会救伤车的警笛。

　　最重要的是，这其实不过是命运向弗里达挥下的第一拳，而她，竟然活了下来。她竟然活了下来！就连医生第一眼看见她，就断定她应该会死在手术台上，因为她被送到医院的时候，腰椎有三处断裂，锁骨还有第三和第四根肋骨断裂，断了的右腿有十一处骨折，左肩脱臼，骨盘有三处破裂，并且——她也因为这场车祸而失去了童贞，因为那条钢制的扶手从下腹左侧插入她的身体，并且由阴道穿出——于是你皱起眉心侧过头，表示不想再往下听，但弗里达比我们谁都不肯向运命妥协，在手术台上，她时而昏迷时而清醒，汗水和泪水完完全全打湿了她乌黑而年轻有力的辫子，她还是用墨西哥女人顽强如仙人掌的生命力，吃尽最难吃的苦都克制着不吭声，让自己挺了过来，并且向一脸洋洋得意的命运回吐了一口唾沫。

　　虽然事后她说，留院期间，她不断看见死神在入夜之后围绕在她的病床边跳舞，也看见许许多多认识或不认识的死去的人围着她指指点点，感觉就像马尔克斯写的《百年孤独》那样，生命本来就是一场魔幻的宴席，但她贪恋人世间的色声香味，贪念男女之间的暧昧与戏弄，她不想半途退席，她还希望有一大段峰回的人生剧情可以让她一路顺着旋转下去。而且，多奇怪，我老爱把她的人生当作一幅暗黑版的《清明上河图》来研究，因为她纷纷扰扰的生活场景，有着太多色彩斑斓的民间习俗，而且她穿梭在不同男女恋人之间磕磕碰碰的感情经历，也有着太多起伏跌宕的凄艳与沧桑;甚至她投射在画作上鲜血淋漓的人生,更有着太多一语双关的控诉、暗喻与图谋,确确实实与《清明上河图》的辗转飘零,以及一晃即逝的繁华靡丽,一样的扑朔迷离,一样的让人甘心被迷惑。

而作为墨西哥至今仍旧是最让世界震撼的超现实主义画家,说来讽刺,弗里达之所以奋不顾身作画,并且彻底放纵自己在艺术方面的野心,完全是拜那场车祸所赐——车祸之后,她总共经历大大小小不少于三十场的手术,而且为了小心不让穿戴着稳定脊椎的石膏背心的身体受到震动,她必须长时间卧在病床上,因此她唯一能够排遣对生命的怨气的方法,除了看书,除了写信——她还真爱写信,你读过她写的信吗?她写的信真好看,满满的都是爱与吻与期待,像少女夜晚跪在床前纯净而生动的祈祷词——另外她唯一可以做的,就只有在母亲为她特别定制的画架上,一言不发地半躺在病床上专心作画。

当然我们都必须相信,体内同时流着德裔犹太、西班牙和印第安血液的弗里达绝对是天纵英才型的画家,通俗一点的说法是,她根本就是手握画笔出生的。而且她很小很小的时候,就喜欢站在斑驳的建筑面前一整天,不吭一声,看着吊在鹰架上的壁画家慢慢地完成一幅场面浩荡的壁画。可是后来在纽约开画展,却回答采访她的艺文记者说:"不,虽然我丈夫是壁画家,但我不爱画壁画,我最爱画肖像,自己的肖像,或别人的肖像,因为'人',才是最能激发灵感的题材。"但因为运命总是凶狠地一拳接一拳,

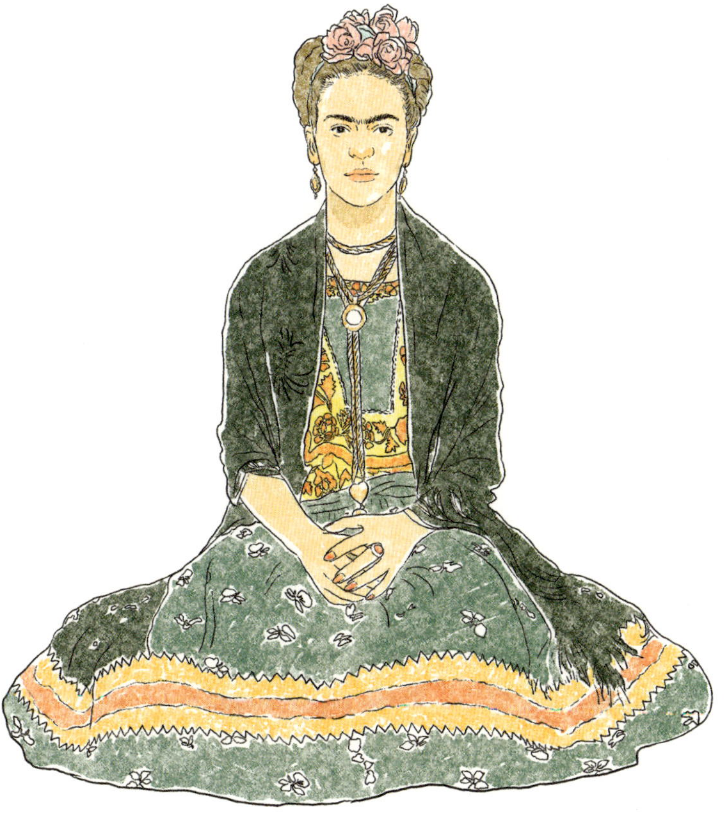

朝她单薄的身子挥下去，多少阴暗了她的画的色调，什么时候看上去，都总是阴沉的，都总是压抑的，也都总是魔幻且充满戾气的，并且她的画很明显在空间处理上有点笨拙，所画的人物在画里头偶尔看起来难免手足无措，但却一贯地散发着高傲的气质，延续她在层层磨难面前依然对生命施展她的温柔。

离世之前，她病得特别重，但仍然坚持打扮整齐地坐在轮椅上作画，当背椎实在痛得太要命的时候，她必须不间断地喝双份的龙舌兰，喝得舌头都快麻痹了，却还是不得不依靠这墨西哥穷人们最爱喝的琼浆来止痛，在相当的程度上，酒就是她的麻醉止痛药。而且因为她吃的药，剂量越来越重，导致心眼清的艺术评论家一眼就看穿，她的画有着颤抖的痕迹，画风十分仓促，甚至对艺术的感悟力量，也越来越薄弱，让她的风格也开始浮现一层很脆的忧虑，让她原本色彩浓烈的超现实主义受到了磨损。

可我始终溺爱弗里达在画作里头撞击颜色的态度。对于那些习惯法国优雅视觉艺术的眼睛，弗里达选择的颜色其实充满窒息感，因为她在画里面采用很多很多的橄榄绿，以及充满幻觉感的拿坡里黄，让这些颜色凶猛地在她的画布上奔跑。而这些诡异的色调，很大一部分是弗里达以墨西哥民间艺术里头那些像无人领养的野孩子般的颜色，来衬托她心里起伏不断的情节。对于颜色的运用，弗里达有她自己一套的章程，她常给海军蓝下很好的评价，她说："那是象征距离的颜色。如果温柔必须得要用颜色来表达，那应该就是海军蓝。"她还说，暗沉的叶绿色是鬼魅们最爱穿在身上的颜色，只有一片油亮的草绿色，才会让她想起温暖而美好的时光。她总是借热带雨林里植物茂长的颜色来传达她张扬的命运和心事，她特别喜欢在画里挑选带黄的橄榄绿，这其实是个阴森的颜色，因为它给人一种密室般的压迫感和恐惧感，和她长期的心理状态十分相似。

而在自画像里，我们看到的弗里达，神情一贯的果断、沉静、肃穆。只有极度自卑和无可救药自恋着的人，才会对着镜子重复地画自己，让自己在自己的画里苒苒地再活一次。而在自画像的过程，弗里达乐此不疲地扮演自己情感的旁观者，她哭、她微笑、她流泪、她痛——对她来说，生命是废墟，到头来也只是万事皆空，其实不需要喊冤和申诉。所以弗里达在自画像里常把自己画成埃及一名以聪慧著名的皇妃纳芙蒂蒂，眼神清澈，看透世情，并且容貌端庄美丽得像一尊神像。弗里达尤其喜欢埃及人的冷静自若，这是她在经历人生的大悲大喜和大起大落之后，特别希望可以驾驭的情绪，并且在自画像中不断用刀、用箭、用割开的背部和开洞的胸腔来陈列和展示她自己，她明明那么积极那么凶悍地活着，但其实这个活得像刀刃一样锋利的文化偶像，已经预备好随时和这个世界温柔地道别。

裹在纱布里的骷髅偶像

他们竟怀疑她是自杀——我合起画册，用力将自己从她神性的笔触和魔性的色彩里头抽扯出来，然后定了定神，才对这个连在沙漠中贩运货物的骆驼都不会相信的笑话嗤之以鼻——我记得在生命的后期，弗里达不断地通过绘画挑衅死亡，她甚至定制了一个糖制骷髅，前额写着她自己的名字，用调皮的手法作弄和嘲笑死亡，所以像她这么一个从小就没有停止过顽强地和死亡展开拉锯的女人，怎么可能在最后的节骨眼上撒开手，让死亡占尽便宜？

离世前几个月，因为背部散发恶臭，医生打开她长期穿戴的石膏胸衣，发现背后长了一大颗脓疮，污浊的分泌物不断涌流而出，于是决定再给她进行一次手术。在这之前，她其实刚做过骨骼移植手术，但很快发现这块不知道是谁的骨骼在她身体里面产生了病变，于是又得马上动手术将骨头移除。甚至于更早之前，医生发觉她的右腿已经瘫痪、萎缩、腐烂，必须截肢以彻底杜绝细菌的蔓延——她一开始听到要截肢就发出凄厉的号叫，不愿意眼睁睁放弃自己这条曾经因为小儿麻痹症而抢救回来的腿。但后来她最信任的医生看着她开始褪色的眼珠子告诉她："如果不锯掉这条腿，你就只能当永远的跛脚鸭子，别想装上义肢，也别想走到街上去，更别想和大伙们一起对抗政府或庆祝胜利。"她听了，原本扯高的头颅，慢慢地、慢慢地，一寸一寸低垂下来，像一朵带毒的、妖娆的、张扬的，并且不断对周围的生物发出妩媚的邀请的亚热带里的一朵双性恋的花，因为过度放纵花蜜的传播而瞬间枯萎，完全无力推

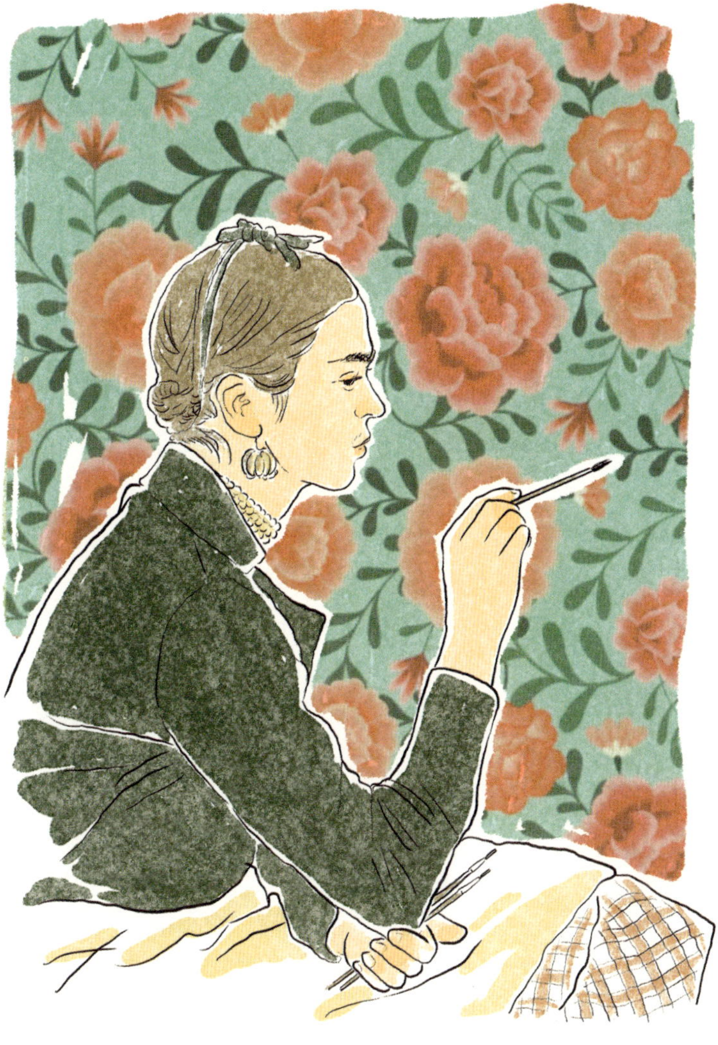

翻医生给她下的指令,最后她就只问了一句:"那我还可以继续跳舞吗?"

而弗里达,她最美丽的地方,是她这一生的每一个关键时刻都充满色彩斑斓的戏剧感。即便在离世之前,第一次在自己的故乡举行画展,她高兴得像个抢到了玩具的孩子似的,忙着参与事前的筹备,忙着决定要展出的画作,可是临近开幕,她却病入膏肓,医生已经不准她离开病房,可她坚持要到美术馆去,说什么都不肯缺席这一场标示着她和这一片土地精血连接的开幕仪式。结果当晚,当上千人聚集在通往艺廊的街道,而艺廊门外也鼓噪着硬是要挤进场的宾客,忽然一阵刺耳的警笛由远而近,刺激着大家的神经,人们好奇地冲到门口,发现一辆救护车由一队摩哆警队护卫着火速飞抵现场,而弗里达微笑着,虚弱,但兴奋地躺在担架上被医护人员抬进现场——在那当儿,所有负责报道的摄影师和记者们都惊愕得完全反应不过来,他们从来没有处理过这么具有戏剧感和震撼性的艺术展开幕典礼,有些根本还来不及按下快门,相机就已经因为过度的仓皇而掉在了地上。

而这,才是实实在在的弗里达。就连临终前最后一场画展的开幕礼,她也要让它的呈现方式更接近她的本色:喧哗的、刺眼的、争议的、惊叹的——而且,她当晚一定事前服了不少药物,才能够让自己撑到现场,眼神空泛,但神态怡然,躺在事先布置于画廊中央的四柱大床上,接受大家的祝福与贺颂,同时也彻彻底底地,最后一次在大

239

家面前发挥她贯穿一生的超现实主义，并且没有忘记穿上最浓艳的墨西哥传统服装，戴上最夸张的耳环和首饰，努力在别人惋惜的眼神当中，捕捉即将坠落的她自己。

而我其实还想告诉你的是，我一直将弗里达列在可可·香奈儿前头，把她供奉成一尊不轻易被移动的时尚偶像。我喜欢她。我喜欢她满脸对命运的倨傲和不屑。我喜欢她浑身浓艳的互相撞击成一则寓言的墨西哥色彩。我喜欢她山根上连成一线宛如蝙蝠在拍打着翅膀的眉毛。我喜欢她上唇温柔的、轻软的、神秘的、稀薄的须毛。我也喜欢她下巴正中、轻轻凹陷下去的小窝——她是美丽的，而她如冷剑出鞘般的美丽，将先天的缺陷耍换成凌厉的特性，为美丽辟开一个新的词汇，叫"锋利"。即便是遭受命运百般刁难的时候，她总还是坚持把盘在头顶上的油亮的辫子扎得结结实实的，然后穿着流光溢彩的墨西哥服饰，安心而专注地坐在轮椅上或躺在病床上作画。而每一次，都不会忘记戴上厚重的原矿猫眼黑曜石和红石榴手链，以及特别具有造型感的耳坠，感觉好像是随时准备搁下画笔拢了拢披肩就赶着出门去参加酒会似的，芳华灼艳，庄严地在画布上描绘出最真实的她自己，像一株绿得发亮、随时可以通灵的仙人掌。

而画作以外，弗里达一直不顾一切地想要一个孩子：一个普通的、正常的、长得像她深爱的丈夫迭戈，并且可以拉开喉咙哭得很大声的孩子。但她那道因车祸严重受损的子宫，并不允许她顺利产下可以延续她的狂妄和坚韧的孩子，所以流产之后，她伤心欲绝地抓起画笔，画她自己赤裸裸地躺在医院里铺上雪白床单的病床上，鲜血染红了床单，她手握六条看上去像血管一样的红色丝带，而每一个丝带末端，都系着带着具有流产意象的物件，包括蜗牛、骨盘、胎儿、机械、女人身体的内部，以及一朵接近枯萎并且阴森的淡紫色兰花，象征被抽出来的子宫——她当然是伤心的，她想当母亲的心愿接二连三地被一颗接一颗的命运射出的子弹击碎，她唯有把苦难泼上画布，让命运的阴险，在画布上原形毕露。

可她终究渴望孩子，这渴望成了栖息在她脑子里的一种病。流产之后，她还有三次尝试偷偷让自己怀上小孩的记录，但都被她的丈夫阻止——除了车祸之后严重被伤害的脊椎，还有摆脱不掉的家族性的癫痫症，医生根本没有把握让她把一个健全的孩子带到这个世界上来，因此她只能要求医生把她流产的保存于福尔马林中的婴儿胚胎送给她，"至少他曾经有一阵子是属于我的。"也许因为太思念不属于她的孩子吧，她从此患上喜欢收集洋娃娃的强迫症，除了墨西哥娃娃，还有碎布娃娃、纸糊娃娃、中国和美国的娃娃，她都把它们小心翼翼地排列在玻璃橱柜，并且还在她的睡床旁边，安置了一张婴儿摇床，里边并排坐着她最喜欢的娃娃，其中还有三个娃娃，更是用她丈夫受洗时穿的礼服包裹，听起来十分之诡异。而经常，朋友们探望之后向她告别，她都会轻轻地说："下回给我带个娃娃吧。"完全表现出她对生育一个孩子的渴望，以及眼睁睁看着孩子从她子宫里滑落的悲痛和哀伤。

她喜欢孩子，尤其是在街上流离浪荡的野孩子，他们常常让她怀念起她因为一场车祸而溃不成军的青春。她对那些野孩子们特别、特别地好，而且那一份好，从来没有敷衍和同情的成分，有时她难得出门到镇上看场电影，那些野孩子们见了就一拥而上，尾随在后，因为他们知道，弗里达一定会不顾朋友反对，坚持要替他们买票，带他们进场看一部好电影，并且压低声音对身边的人说："顺便给他们买些香烟吧，我知道他们都偷偷地在抽。"所以街童们简直把她当作墨西哥的特蕾莎修女来崇拜，她知道孩子们需要的是什么，而不是把自己年纪还很轻的时候承受过的压抑和排挤加诸在他们身上。况且，墨西哥的亚热带的春光再辽阔，晃那么一眼，还是会把少年的影子给拉长了，因此为什么不借给他们的青春多一些色彩？就好像当年她出现在纽约的街道上，那些孩子们看见穿着艳丽的拖在地上的墨西哥长裙，以及戴上厚重的耳环项链与手珠的弗里达，总会好奇地尾随在后，频频向她追问："马戏团吗？哪里有马戏团？"可怜的他们并不知道，他们见到的弗里达，远远比马戏团跳火圈的老虎和的遛单车的大象还要像一则飞天的吉卜赛魔咒，她只要认认真真地看你一眼，你就会不由自主，绑上红色的头巾跟她走。

草间弥生

———— Yayoi Kusama

红发怪婆婆和她的魔幻南瓜

常常有人压低声音跟她说话。而整栋空洞洞的，主要是方便她偶尔晕眩症发作得太厉害的时候可以紧急把她送进有专业医生照料的病房，所以她的私人助理擅作主张，干脆在精神疗养院对面给她安置的这一间工作室，基本上都只有她一个人——一个人，安静地对着铺天盖地的波点和漫天旋转的星空专心作画。

我和你一样地好奇，那些看不见形影的人到底都对她说了些什么？她把整张脸挂下来，看上去实在像日本动画里头脾气坏得离谱的怪婆婆，十分不耐烦地回答："他们不断催我，要我快点、快点、快点，说我活得够本儿也画得够本儿了，快点画完这一幅墙就要把位置让给其他人了。"可见由始至终，她都不愿意承认，这完全是因为她打十岁开始就患上神经性视听障碍的后遗症。

而多么奇怪，我竟因此联想起《白鹿原》里的一幕，黑娃让田小娥坐到他的腿上，他把晒得焦黑的脸抵在田小娥穿着翠绿色缎面裙褂的肩膀上，喃喃自语："麦子就快要割完了。"田小娥听了，提起扇子没有意识地轻轻扇了一扇，又扇了一扇，然后把语气放得柔柔的，用陕西话说："麦子明年还熟哩，明年再来割嘌。"而我们都明白，黑娃的焦虑是，他只是一个短工，是个麦客，麦子割完了，他就得走了，他跟田小娥的热辣而滚烫的关系也就必须得中断了，但再怎么说，明年的麦子总有成熟的时候，他如果真的放不下田小娥，他还是可以在麦浪开始翻滚的时候一路寻回来——

但草间弥生不行，草间弥生的焦虑是不一样的，她还有太多太多想完成的点子在脑海里翻腾滚跃，于是她异常担心她恐怕没有太多太多的时间让她等到下一年的麦子成熟了，因为岁月已经将一根绳索套在她的脖子上，只要随手一抽，就直接替她完成她人生的谢幕仪式。所以她不断地产生幻听，听见有人不断地催促她，要快要快要快，而不管是幻觉还是梦寐，她老是见到指针不断在眼前跳动，愈跳愈快、愈跳越快、愈跳愈快，还有一团隐形的时间的茎蔓，慢慢地攀缠着她的全身。她知道，这基本上是最后的通牒了，她已经九十岁了，生命已经对她执拗的创作力和顽强的生命力开始不耐烦了，所以她现在巡回的每一场展览，尖刻一点来说，其实已经嗅得到正在替她布置告别仪式的意味了。

当然你一定知道草间弥生是谁：她诡异的红色假发，她永远瞪得大大的、悠悠地浮荡着对人和对人生充满问号的眼睛，她比传奇还要传奇几分的魔幻人生，还有她在画布上仿如海啸般铺天盖地无边无尽的红黑波点——她太习惯在创作上动用密集如电光的波点攻击人们的视觉感官，迷幻而绮丽，热烈且凶猛，让大家都知道这是草间弥生的"签名式"做派，并且渐渐地，连我也开始被卷入旋涡，疑惑着："到底是波点绑架了她的曲折人生？还是她绑架了波点的其他可能？"就好像她老是告诉人们说，她曾经遇见一颗连着藤蔓的巨大南瓜，南瓜还张开口滔滔不绝地跟她说话，所以到后来，圆润茁实的南瓜名正言顺地成为了草间弥生的标签，它们不断在草间弥生的手里以各种装置艺术的形态，流放到世界上任何一个愿意让这颗巨大的南瓜持续繁殖的城市里。

尤其是，人活到草间弥生的这个岁数，落在眼底的，恐怕没有洞悉不了的世情，也没有放手不下的人生，何况她从来就不是一个温润慈悲的老人，她尖锐而敏感，像一只不友善的刺猬，总是神经兮兮地竖起身上的刺，抗拒每一个尝试亲近她的人。根据长年照顾她的看护说，只有把坐在轮椅上的她推到巨大的画板面前，她整个人才会温驯下来，像一只睡迟了的猫，安静地提起前爪替自己洗脸，而她原本疲惫地低垂着的双眼，一旦对着她未完成的画作，顿时就像暗夜里突然亮开来的星子，晶灿明媚、闪烁发光，看起来完全不像一个神智失常的人。

而我想你应当也约略知道，草间弥生这一生，基本上有三分之二的时间都住在精神病院里，她是一个拥有超过三十年病史的资深精神病人。而她几乎打从十岁开始，就不断地被大量的幻觉困扰，常常看见别人看不见的瑰丽得离奇的景物，也常常听见别人听不见的神秘预言和玄秘对话——这也是为什么，她一直都没有停止过自我毁灭的倾向——"活着真累。"她说。对于像她这么一个自杀惯犯，如果不是被澎湃的创作欲不断地撞击着，我实在不认为她会允许自己像掉队的游魂一样，漫无目的滞留在苍茫的人世。她说过，在寻找出口的过程当中，她常常感觉自己被磨灭、被撕毁、被烘烤，甚至不停地被无限大的时间与无边境的空间来回旋转，根本破解不了这一场生命的咒语。但她没有否认，创作虽然留给她无边无尽的疼痛的撕裂感，可这份撕裂感却同时也是她的软性毒品和吗啡，让她快乐地在水深流急的创作海洋里泅渡并救赎自己。

因此这么些年来，她的工作室基本上就在她长期入住的精神疗养院对面，她在那里画画，也在那里进行雕塑，甚至

在那里完成了包括巨型南瓜在内的数千件作品。也许你猜不到，草间弥生原来也爱写，并且把文字驾驭得虎虎生风，这些年间，她陆陆续续发表了十几本小说和诗集，以一种说话的方式，温柔地对喜爱她作品的人，报告她经过剪接的生活，报告她为了什么发了一场很大的脾气，也报告她年纪大了，竟发现自己越来越爱吃甜食，像个馋嘴的孩子，对糖果有说不出的着迷——后来吧，她干脆狠下了心，在疗养院隔壁买下一块地，建立一栋四层楼高的"草间弥生美术馆"，她说："那是我一生中最大的一笔开销，也是我送给自己最豪绰的一份礼物。"同时事先打点她的遗愿，每一层楼都将依她的指示，摆设她最具标志特性的作品，以便将来有一天她不在了，她让人惊叹的雕塑和油画，还有她独步艺术江湖的波点、南瓜和网眼，都可以被完整地保留下来——

　　作为全球身价最高的在世女艺术家，她这一生唯一最坚持也最放不下的，就是希望把波点、南瓜和网眼的艺术价值，无止境地扩大和延伸下去，所以她总是一睁开眼就扬声问："笔呢？我的笔呢？让我画，画到该停下来的时候，别担心，我会告诉你们的。"她老了，即便是精神状况特别好的时候，草间弥生还是经常会忘记自己说过些什么，或者会不停重复已经说过了的什么，开始出现轻度老人失智的症状。

实际上，像草间弥生那样，每一则生命的章节都是由一连串惊叹号组成的艺术家是越来越稀罕了。日本人提起她的名字，总是毕恭又毕敬，两只手自然而然往身体两边垂放，并微微地低下头象征性地鞠一鞠躬。作为日本过去六十年来成就最高的女艺术家，她的地位甚至已经超越了所谓的传奇，而是更接近一座被供奉在殿堂内的"神祇"。我记得很久以前在北京结识过的一位日本杂志人曾经这么形容过她，奖项的肯定完全可以不算什么，作品的拍卖价格再高也可以不算什么，但没有人可以不被草间弥生锲而不舍的创作韧性所慑服，也没有人可以不被她那充满视觉迷幻的作品所俘虏。

于是我偶尔在想，如果真的要一层一层解开裹住草间弥生的谜，唯一的线索，恐怕就是无数次在她的作品里重复出现了又出现的波点和网眼了，完全反映了她大部分的人生，其实一直都错综复杂地困在烟雾弥漫的幻觉和梦境当中。生命对她来说，有时候真有点恼人地长，如果不是眷恋坐在画板面前，"一灯细煮愁如酒"，我实在猜测不到草间弥生会以什么样子的手法来为她的一生勾画一个漂亮的收笔？但我可以肯定的是，她前卫的做派、魔幻的风格，已经足够让她在她自己的作品里复活与重生，在暗流汹涌的岁月，变成一张网，网住所有孤僻的人和所有颠簸的流离失所的人生。

安藤忠雄

Tadao Ando

禅与修行的目击者

到现在他还是耿耿于怀。到现在，他还是觉得自己辜负了礼拜天穿戴整齐、虔诚地到教堂做礼拜的那一些人。而他其实不是教徒。他不是。他甚至是一个倾向于相信暴力才能解决一切的人。但在他的美学信仰里，光，是一切真与善的源头，因此他为大阪郊外、一座叫茨木市的城镇建了小小的一间以"光"为概念的教堂，是他三座环环相扣的教堂三部曲"光之教堂""风之教堂"和"水之教堂"的其中一座。而那教堂最美的地方是，他在教堂的一面墙上挖开一个十字形的洞口，看上去就像一道镂空的十字架，而光就从那设置于祭坛后面整个壁面上戳开的十字架造型的窗隙上透进来，因为他相信上帝所说的，"要有光，于是就有了光"，所以他决定采用最原始的方法，让光透过十字架投射进教堂，也让那些把额头顶在紧扣的十指上礼拜的人，可以跪倒在被上帝眷顾的天然光线里祈祷。这也是为什么，他从一开始就坚持，一定要把玻璃拆掉，一定要，"最多也只是冬天的时候冷一点而已"，而这样投射进来的光才有灵气，才有庄严的宗教感。

因此有时候我也会犹豫，到底应该把安藤忠雄的作品称作"建物"还是"建筑"？我其实喜欢"建物"两个字，听起来比较朴实，有青苔蔓生的岁月悠悠，也有比较深刻的感情投射。就好像他那几座出了名粗粝的水混凝土教堂，那设计老叫我回想起之前在罗马看见的小镇上的古教堂，都简朴，都一点都不起眼，旁边通常附建一座小小的钟楼，然后再过去就有一处供牲畜饮用的水槽，并且很多都建在一条依偎着城墙延伸的窄街里，可那种美，却像整个天空在晴空万里之下突然全暗了下来随即又闪发好几道亮光，总是让人久久地澎湃着平静不下来——至于建筑，很多时候越华丽的建筑越粗暴，一夜之间蛮横地拔地而起，然后把人都装进太过讲究算计的一栋冷峻的摩登的楼宇，对人文的雕刻一点都不深刻。

我不熟悉建筑背后浩瀚的工程和细微的原理，我只知道诚恳的建筑是将美学概念变成实体，创造出人们在流动的时间和涌动的人潮里一个起居或聚集的空间，然后在把空间概念化的美学行为当中，让人们的身心得以安顿。但安藤忠雄的建物却挂满悬念，跟禅定仅有一线之隔，并且藏着一定的修行和宗教意味，常常你一走进去，就感觉到身体里面某一个部分被触屏或被启动了——而我对安藤忠雄的惊叹，完全在于他太擅长利用光线的感化，把氛围实质化。所以他的建物往往功能性都特别低，也特别抗拒在既定的环境再自行加创场景，他总是尝试不打扰自然、不破坏原始，坚持在既定的地点，利用大自然借给他的光，从光线当中捕捉灵感，看光线如何在清晨的时候打下来，又如何在黄昏的时候散开去，然后把一面水混凝土的墙根，映照得荧荧然，宛如一块稀罕的青铜。这时候的安藤忠雄，显然是个君子，总是选择一种谦虚而中庸的语境，不欠缺，也不超过，让利落的线条咬合出柔暖的弧度，在适当的时候，提高人们感知生命的方式。

可一旦回到工作上，听说他颇有点脾气，不容易被讨好,也不愿意被讨好。遇上下属犯了不应该犯的错误,他总是冷着脸,一支笔嗖一声飞出去,不偏不倚,砸中正准备拉开门退出去的下属的后脑门,"如果有人做事马虎的话,我不但会大声斥责,还会动手打人。"而他一向对自己的出身很坦白,他不是建筑名校出身,做过木工,驾过货车,甚至为了赚快钱,年轻时凭着一股好斗的脾性,也当过职业拳击手,只身前往泰国参赛,并且还真的在擂台上赢过奖金。即便他是一个传奇性高于学术性的建筑大师,没有人会因为他偶然的坏脾气和必然的严厉而选择离开,反之,谁都不肯放弃循着他擅长的园林般迂回的低技术含量建筑风格,探索出可以让参观者完全在空间内泅游出各种意境的设计密码。

有一阵子,我常常以为,只有温柔的影像或细腻的文字,才可以像体贴的纱布那样,一层接一层,慢慢包扎并细细治疗一座城市重创之后嗷嗷待哺的心灵,但其实不,其实造型冷峻线条硬朗的建筑也可以——柏林有间犹太博物馆,它的外观极其立体,远远望过去,就好像被利刀狠狠划过六十道伤痕,甚至是,如果从高空俯瞰,则像"轰隆"一声巨响之后,被闪电突然击中,然后劈开惊心动魄的裂缝,简直就是天神差使雷神灼伤犹太人而留下的伤痕。也难怪博物馆甫落成,就吸引了卅万人红着眼睛排队入内,据说,每一位参观者经过曲折但空无一物的甬道时,面对博物馆内扑面而来的悲怆的历史感,已经禁不住流下泪来,至于背后的建筑师,其实是一位拉手风琴的音乐师,对建

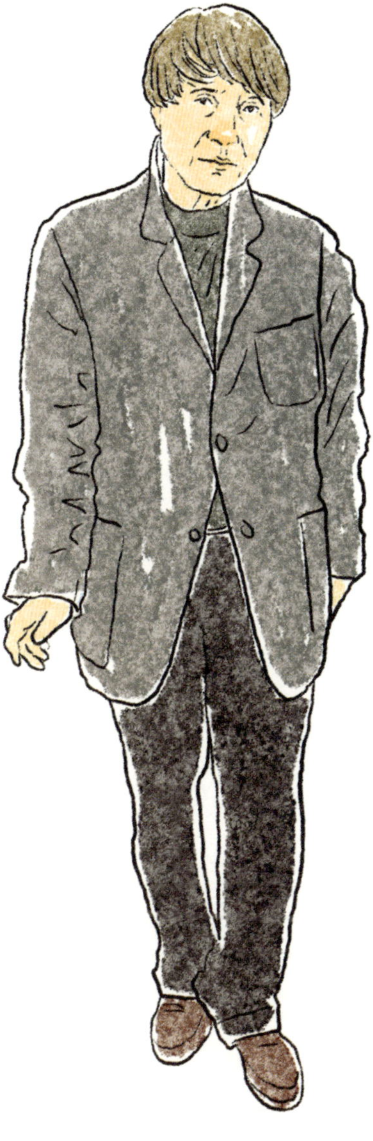

筑有着无以复加的音符一般叮咚的温柔。当然这些建筑背后的故事，安藤忠雄都懂，也都听说过，但他终究不为所动。他只有一个信念，他的建物不超现实，不科幻，也不特别环保和朴素。他要的是，他的建物弥漫一种禅、一种冥想，一种渐渐漾开来的隐隐约约的忧郁感。尤其他最为人津津乐道的作品，其实都与宗教和信仰有着相当密切的关系，比如"水御堂"寺庙，他坚持把圆形的莲花池建在庙宇的屋顶，并在池中央安置了直通殿堂的楼梯，当参拜者一级一级地往下走，仿佛慢慢没入水池内；然后当参拜者完成了礼拜，一级一级拾级而上时，则又好像从水池里缓缓上升；在这一升一降之间，似乎带着出生入死的含义，让每一个到来的朝圣者，都得以预先经历生与死那一线之间的神秘与幽冥。

我记得米开朗琪罗说过，你必须从里到外彻底理解你自己的作品，相信它、捍卫它，那么你才可以趾高气扬地接受因它而带回来的荣耀和赞美。米开朗琪罗本身其实也是出色的人体解剖学家，为了研究人体而解剖过不少尸体，以致修道院院长决定拨出医院的一间房供他使用，让他在里面解剖尸体以进行人体骨骼、腱和肌肉的研究，所以他的绘画和雕刻对人体构造的理解比医生们还细微，他甚至可以拿着手术刀滔滔不绝对新进医生们讲解人体轮廓的神秘与奥妙。同样地，如果要为安藤忠雄建立一个镜像供后人对照，可能是贝聿铭。贝聿铭不矜持，因为他没有东方儒家的包袱，也不骄傲；而安藤忠雄一点也不谦虚，他的作品站在和这个时代对立的层面，因为粗糙而显得特别精致，也因为材料的贫薄和机关的匮乏，看上去却无比地大气而丰沛。正如那一座著名的建在北海道的"水之教堂"，那水池的深度都经过安藤忠雄精密的设计，只要一阵微风，都能兴起涟漪，都能在水面上反映出风的亲昵，可见他熟悉他的建物远远超乎于熟悉他自己的身体。因此当他这么一个勇武粗暴、当过嗜血的拳击手的建筑师，最终难免被健康绊上一脚，病倒了的时候，医生告诉他"要活下去的机会不是没有，但必须把工作减半"，他一听，整个人禁不住跌坐在椅子上，连那两只曾经在擂台上把多少对手击败的拳头，也慢慢因为握不紧而萎缩下来，只得安慰自己说："也许生病是件好事，毕竟我也已经七十六了。"因为癌症，他必须割除胆囊、胰腺、脾脏和十二指肠，每一次医生告诉他必须尽快动手术时，他总是感觉眼前一黑，整个人脆弱得像一片在枝头上摇摇欲坠的枯叶，随时一阵风吹，就会把他打落下来。后来有一次，他跑到印度恒河畔的瓦拉纳西圣地，看见圣徒们的累累白骨堆积成山，终于想清楚了一件事：光与影，就好像生与死，两者虽然是紧密相连的，但最终却没有什么是放不开的。他忽然忆记起他第一次穷游欧洲，兜里攒着的是他在擂台上以血腥和暴力打拳击赢回来的奖金，当时他甚至不会说英语，没有钱，也没有见识，每天几乎走上十几个小时，去看心仪的建筑，去看博物馆恢宏的气派和磅礴的格局，然后在回程的路上低下头，一边赶路一边思考，因为天气太冷了，他必须在天黑之前徒步回到旅馆。他记得,他第一次到法国朗香教堂,看见教堂里的光,像剑一样向他咄咄逼人地挥洒过来,给他带来极度震撼的空间体验,他顿时怔在了那里,终于了解光线其实可以像汹涌的洪水一样,在空间里面凶猛奔流,带着满满的侵略性,还有暴力性和冲击性。真正有力量的建筑是什么?安藤忠雄说,就算是成为了废墟,甚或坍塌得只剩下一部分楼宇,却仍然充满着叙事力量的,那才叫作建筑。

皮娜・鮑什

Pina Bausch

孤独像一把闪闪发亮的匕首

冬天。天黑得早，而外头正冷得厉害，她穿着一双帅气的男装皮鞋，鞋头粗粗笨笨的，配一件随性的黑色宽松裤，和一件看得出来挺考究的黑色衬衫，然后草草地，在肩上披一件有点疲累、有点沧桑的黑色毛衣，和一大伙人呼啸着挤进小小的酒馆喝两杯。

要到后来，我才恍然大悟，原来她所穿的每一件黑色的、有如披了一座小型剧场在身上、懂得叹息和皱眉的衣服，其实都是山本耀司特别给她设计的。她一直都是山本先生的缪斯。山本耀司每一次看着她，那眼神就像火山口上的熔化的岩浆，滚烫的、炙热的、危机四伏的；但同时又是温柔的、迷茫的、天长地久的。我记得她很喜欢穿山本耀司设计的男装，宽松，并且满满的都是任性的包容，穿上去有一种被熟悉的身体拥抱着的感觉。

印象之中，她其实很少一个人。很少。虽然看得出来，她其实并不怎么享受热闹，但她身边总是被一大班肢体灵活情绪躁动的舞者簇拥。而越是人多的场合，不知怎么的，越是突显出她的孤独其实锐利得好像一把匕首，在暗夜里闪闪发光。然后她坐了下来，总是手不离烟，也总是隔着一层弥漫着的烟雾，意味深长地微笑着——而我认识她的时候她其实已经老了，老得一站出来，满脸都是千山万水，我望着她的照片，望着她在视频上娴静地舞动，望着她瘦骨嶙峋的身影在舞台上暴烈地旋转、旋转、旋转，然后想起她说的："舞吧，舞吧，要不我们终将迷失自己。"这是真的，因为到头来，梦想难逃被扭曲，青春终究会憔悴，只有舞蹈，那片刻的奔放，才是记忆中的永恒。

我实在想不起来是谁说过这样的一句话呢："再来一小杯酒，顺便也来一根香烟，现在暂且不回家。"这话倒是跟她对上了，只是差点忘了提，她虽然生活在被名气笼罩和被灯光照射之下，可她非常不喜欢别人过问她的工作，也从来不乐意公开自己的私事，在她最后的那几年，她更加严密地隐藏起自己。如果你敬重一个人，首先你必须得学会如何和她建立一定的距离感，这样你才能和她在精神上真正地靠近。我记得有一次，她难得提起，说她出生在德国一个叫索林根的小镇，父亲经营一家小小的旅社，她从小就有喜欢偷看人但又不喜欢和人亲近的怪脾气，常常躲在旅社的咖啡厅桌底下，观察形形色色住进旅社里的客人，模仿他们说话的神气，抄袭他们走路的姿态，然后把他们统统都编进她自说自演的私人剧场里，但就是不肯在大人面前轻易透露她自己。

而我其实并不是太懂舞蹈呢。我只是从一开始就毫无来由地喜欢她和喜欢所有关于她的一切的一切。而我特别喜欢的，其实是一张她的照片。她半低着头，眼皮垂了下来，她梳着数十年如一日的长长的马尾，薄薄的嘴唇上，好像涂了点口红又好像不，而轻轻分布在额头眼尾和嘴角的皱纹，不多不少，刚刚好足够用来陈述她一路的沧桑和曾经的曲折。

尤其是我留意了好久，她的耳朵真美，真的很美，娟秀得像一颗从沙滩上捡回来的被海浪冲刷得特别干净的贝壳,我常常在想,她年轻时候潆潆的媚姿,该曾经如何地颠倒众生?当她让情绪完完全全沉潜下来,安安静静地坐在酒馆一角思考的神情,你一定听说过德国人怎么形容她:"一张圣母般慈爱安详的脸庞。"德国人都疼她,都敬重她,是的,皮娜·鲍什,一个让原本已经很骄傲的德国人更加骄傲的名字,而她和她编的舞,也是德国人最为敬重的排名第一的出口文化。她成立的"乌帕塔舞蹈剧场"(Tanztheater Wuppertal),推动的是一种打破界限但真实运转的复合性艺术。她看起来开放但实际上严厉,不断唆使舞者用身体说话,并且常常在剧本上把适量的悲伤和幽默调混在一起,重复采用不同的角度,诉说红男绿女永远得不到满足的贪婪的欲望。

而她编的舞,从来都不单单只是在跳舞,她可以随手把颓废糜烂的社会现象,在舞台上排练成一种视觉上的惊叹号,也可以把人们需索无度的物质渴望,在舞台上强烈地投射成一片霓虹灯,她切入思考的角度和她呈现舞蹈的方式,显然的,已经让她成为最惊世骇俗的舞蹈家。而她特别擅长以"舞蹈剧场形式""视觉美学震撼""哲学人生思考"作为创作基石,也作为她编排的舞蹈的签名式,并间接将她的名字,在某一个程度上,紧密地和现代舞画上没有办法分割的等号。

实际上,皮娜·鲍什的舞团一路鸣放,栽种出许多风靡世界的固定舞码,比如《月满》《春之祭》《交际场》《康乃馨》《穆勒咖啡馆》和《热情的马祖卡》等,而由她领军

的乌帕塔舞蹈剧场和美国后现代舞蹈（Postmodern Dance）以及日本舞踏（Butoh），更被并列为当代三大新舞蹈流派。因此皮娜·鲍什态度上的强硬，其实并不是完全没有道理的，针对舞蹈，我总记得她说过一句话："我在乎的是人为何而动，而不是如何动。"舞的本质，就是要"舞起来，动起来"。

但也有美国人对皮娜·鲍什的作品不以为然，嫌它太暴力、太荒谬，缺少节奏感，也缺少舞蹈动作。但鲁莽的美国舞蹈剧场评论家恐怕忽略了，皮娜·鲍什作品中的动作，都是从舞者本身的真实体验脱化得来，并非哗众取宠的炫耀性舞蹈花招。她要的是透过言语、音乐、视觉效果，或真实的物体，让舞蹈在舞台上全盘解放，也让看舞的人在舞蹈中正视自己、掌捆自己、解放自己。

因此大家对她的宠爱，一部分因为她的个性强悍孤傲，另一部分因为她的舞蹈危险张狂。她一点也不避讳用她的舞蹈来挑拨生活的残酷与暴力，并且讽刺爱情的折磨与消耗，在她的舞蹈当中，从来不曾出现懦弱和逃避，有的只是永无止境的捍卫和对抗。而现代舞的发展史上，不能忽略德国的表现主义舞蹈，它是二十世纪初，现代舞萌芽时期最早，同时也是最重要的体系，而在这里头，皮娜·鲍什在舞台上时而潆洄时而激烈的风格，宛如一个舞蹈上的妩媚的苦行者，绝对是不能被刷掉的一道风景。

舞蹈对皮娜·鲍什来说，根本就是一场兴味盎然的奇思异想，她几乎掌握着所有的主控权，但生命不是。在生命和际遇面前，她那一张闪着灵气的嶙峋的脸，也有寂寥下来的时候。她下世那一年，已经六十八岁了，分明走到"花时已去，梦里多愁"的下山路，但对于舞蹈，她到最后那一刻，仍还是渴望可以强壮地在舞台上飞、奔、滚、摔、跳——在连环的暴烈当中，一片一片地拼凑温柔。而舞蹈最好看的，我们都知道，不是动作，不是意想，而是力道。因此皮娜·鲍什从不认为真正让人惊骇的舞蹈并不应当来自这种过分表面的张力，她的孤傲，隐藏着太多的坚持和不妥协，她的编舞，无论是高舞蹈性的技巧炫耀，或者是高象征性的造型动作，都包藏在一种强调精神层面的真实当中。虽然你明知她的舞台布满危险的地雷，可是你却常常可以在她的舞蹈当中，找到被自己质疑的另一个既陌生又熟悉的自己。是的，因为皮娜·鲍什，我们在舞者以跳跃的方式越过水面到达浮冰之上，并且展现出面对痛苦、恐惧与悲伤之时，到底要如何直视自身的脆弱、无奈与欲求？而在那浮光一念，我们所看到的，竟然是过往一直被我们紧紧扣押和隐藏的自己。

况且我总是觉得，皮娜·鲍什适合重复被书写、适合不断被纪念，尤其在每一次回到小公寓，坐在清冷的靠近露台边的椅子上，亮起或捻熄心里的那一盏灯的时候，我想念她，像想念一首歌谣，像想念一片稻田，像想念一层山腰上的雾，像想念母亲——就好像皮娜·鲍什逝世的时候，林怀民知道她带领的乌帕塔舞蹈剧场并没有因为她的逝世而中断演出，于是不动声色，买了一张机票飞到莫斯科，因为当时正逢契诃夫艺术节，全俄罗斯都在期待公演皮娜一九七六年作品《七宗罪》，他从机场直奔剧院，连续三个晚上，都坐在同样的座位上，失魂落魄。而林怀民事后说："每一个舞蹈家都是一样的，剧场就是他们的家。"所以他决定到剧场去吊唁皮娜，而皮娜不在了，但她的舞团还是一样让别人感动、让她自己骄傲。首演后的酒会上，舞台上的舞者走下舞台，见到皮娜的好友林怀民，专程山一程水一程，来到莫斯科欣赏他们的演出，都禁不住抱着林怀民，泣不成声——之后林怀民谈起皮娜，也只是感慨地说，他俩都一样，都不多话，但因为两人同是舞蹈家，都在自己生长的土地为舞蹈耕耘过、拼搏过、沮丧过、失落过，所以有一种相濡以沫的亲。两人碰了面，大部分时间都是安静的，各自担着一根烟，在剧场后台入口处的吸烟区，有一搭没一搭地聊着，所有的爱与理解与相扶相持，都在那一阵又一阵的烟雾弥漫中，缓缓地凝集在一起，也缓缓在大家把梦想解散的前夕，用刺墨般的善意，去修补彼此的支离，去完整彼此的破碎。

后语

大河弯弯黎明之前的第一响桨声

认真想起来,我还真没有写"后语"的习惯,前后二十多年,当过三本女性杂志和一本男性杂志的主编,都和时尚有关,都和文字有着某种程度的紧密交关——即便是编后话,也都是挂在卷首。如果肯用心经营,将每一期的卷首语编汇成册,值不值得读还是另外一回事,单是那篇数与字数之澎湃,恐怕还是会禁不住让自己咋舌的。

因此给自己的书写后语,我的第一个感觉是,文字的派对结束了,我写过的那些字群莺乱舞之后,留下一天一地的杯盘狼藉——这场景其实我是喜欢的,比丰子恺那一幅明亮但怅惘的《人散后,一钩新月天如水》更贴近我文字的性格。就好像蒋勋老师一眼就刺穿,我的文字是边疆之外的,是野性难驯的,我只是一直都尽量让它们在众人面前表现得老实而规矩，表现得端庄而得体；实际上我真正迷恋的，是人的繁华与荒凉，是世间的缤纷与寂寥，并且十分相信在文字中乔装成另外一个人，扮演另外一个自己完全生分的角色，应该会是一件多么有趣的事。

不晓得为什么，我特别喜欢木心说的："人如果只有一生，未免太寒碜了。"所以我写明星，写画家，写时装设计师也写建筑师，当然也写跳跃的舞蹈家和沉潜的作家，全是因为我贪——贪那些我没有被分派到的人生，然后常常想象自己是一个懂得腹语术的人，在文字里故弄玄虚，用诡异的说话方式，分散大家的注意力，让大家以为声音来自另一个与我有一段距离的人，而我其实在利用他们的分身和化身，混淆视听，替我掩护我真正想说的，也替我圆满我认真向往，却始终抵达不了的人生。

这其实没什么不好。每个人的人生本来都是分裂的，谁都有裂开来的缝隙和豁口，只是有些人比较幸运，他们富有，他们美丽，他们才华洋溢，他们用他们的富有和美丽，还有他们的才华洋溢来掩盖裂口。而我只是碰巧喜欢沿着他们的裂口散步，偶尔往上攀爬，偶尔朝内探索，看看裂口背后是不是真的绿草如茵，是不是真的小河淌水，然后参考他们细致的生活线条，来修改我自己概念粗糙的人生——而后来吧，当我渐渐与文字熟络起来，也就不随便敞开来和人说心里面的话了。有了文字的庇护，我的孤僻变成了合情合理的对人情世故的回避，我只与文字调情和交媾，我不再热衷于塑造人们所想象的我至少应该具有的样子。

至于书名叫《镂空与浮雕》，其实沿用的是专栏的名称，潜伏的目的其实很明显，是借栏名提醒自己，在风流人物"镂空"的流离岁月里，"浮雕"出人世的眉眼与钢索——尤其那些我特别喜欢的、敬仰的、被他们感动过也和他们一起体会过同样的切肤之痛的人，一直都在用他们或破败或绚烂的人生，让我能够在真实的生活场景，挪用他们的身份，分叉出另外一条"一半是想象、一半是实验"的剧场，再以文字为烟幕，让自己在别人建构起来的人生，来去穿梭，寻幽探秘。

特别想提的是，蒋勋老师在惊蛰后一天，和林怀民老师因眼看着新冠疫情即将大规模暴发，决定缩短行程，当机立断飞回台湾的前一晚，在伦敦给我写的序——文字其实待我不薄，我因文字，着实结下不少善缘。蒋勋老师取消了到巴黎和皮娜·鲍什舞团团员的会面，取消了往比利时看有史以来最大型的凡·艾克展，取消了到西西里度假，但没有取消答应给我的第一本书写序——单就这一点，已经不仅仅是说声"感激"就能表达的。

实际上我一直感激的还有靖芬，她一通电话邀约，促成了我在《星洲日报》隔周一篇的专栏。相较于年轻一辈虎虎生风的写作人，当时我已经相对地把姿态放低，以为在脸书上偶尔给自己留几行字也就算是不辜负自己曾经是个纸媒飞黄腾达时期同时开四五个专栏贩卖文字的人。后来翎龙借"有人"介入，将这一系列专栏文字认领，同时号召农夫跨刀拔笔，替书里三十位风流人物绘像，再加上文礼细致的版面编排，渐渐地，一本书竟也眉目显现，竟也水到渠成。

对于这本书，感慨它来迟了，也感激来迟了，"泥足深陷的中年，浓稠的是回忆，稀薄的是心境——曾经我是那朵来不及绽放就被星光叼走的姬昙，曾经你是我大河弯弯黎明之前的第一响桨声，曾经我们，是嵌在对方眉额中间那一抹猩红朱砂，用来记认前程，用来遗忘青春"，我想把这段话留给自己，也留给碰巧喜欢我的文字，也喜欢这本书的你。

——二〇二〇年十月